Jens Bergmann
Der Hundemörder
Eine Kriminalgeschichte

AF286828

Zu diesem Buch

Eine Serie bizarrer Verbrechen sorgt in Hamburg für Aufregung. Die Opfer: Schäferhunde. Ein ungewöhnlicher Fall für Hauptkommissar Dieter Trotzke, der mit dem ihm eigenen Elan die Spur des Hundemörders aufnimmt.

Eine packende Kriminalgeschichte über Liebe und Haß, Glück und Pech, Durst und Nachdurst.

Jens Bergmann

Der Hundemörder
Eine Kriminalgeschichte

Originalausgabe Oktober 2000
Alle Rechte vorbehalten. Copyright: Jens Bergmann
Umschlaggestaltung: Hark Weidling
Layout: Martin Busecke
Herstellung: Libri Books on Demand
ISBN: 3-8311-0496-4

Gefährlich ist's, den Leu zu wecken,
verderblich ist des Tigers Zahn,
jedoch der schrecklichste der Schrecken,
das ist der Mensch in seinem Wahn.

Schiller

Das Mistvieh schaute ihn treuherzig an. Treuherzig und verführerisch. Es zeigte die Zunge und hechelte. Das Mistvieh wollte ihn einwickeln. Aber er ließ sich nicht einwickeln. Nie mehr. Strafe muß sein.

Er ging in die Knie und betrachtete das Mistvieh aus nächster Nähe. Bewunderte den ebenmäßigen Wuchs, das glänzende Fell, den kräftigen Fang. Ein schönes Tier, das jetzt unwillig knurrte, sich aber nicht von der Stelle rühren konnte. Es gab kein Entrinnen.

Er sah sich um: Hinter dem Maschendrahtzaun, den er mit einem Seitenschneider durchtrennt hatte, schützte das Unterholz des Duvenstedter Brooks vor neugierigen Blicken. Nach vorn, zur Villa hin, schirmte ihn der Rhododendron ab.

Dem Mistvieh fielen die Augen zu. Mühsam versuchte es, sie wieder zu öffnen, drei-, viermal, dann rollte es sich auf dem gefrorenen Boden vor dem Komposthaufen ein, als läge es in seinem Korb. Er trat ihm leicht in den Bauch, worauf es sich noch weiter einrollte. Er faltete das Zeitungspapier mit den Hackfleischresten zusammen, steckte es in die eine Tasche seiner Skijacke und fischte aus der anderen den Draht. Er beugte sich über sein Opfer, legte ihm die Schlinge um den Hals und zog zu. Das Mistvieh schlug die Augen auf und röchelte. Er zog fester zu, der Draht schnitt tief ins Fleisch. Die Muskeln des Mistviehs zuckten unkontrolliert, es trat um sich, traf ihn zwischen den Beinen. Er ließ nicht locker.

Nach fünf Minuten rührte es sich nicht mehr. Ihm stand der Schweiß auf der Stirn, er atmete schwer, seine Unterarme schmerzten. Es stank; das Mistvieh hatte im Todeskampf seinen Darm geleert. Er hielt den Würgegriff noch zwei Minuten aufrecht, bevor er den Draht wieder einsteckte.

Nach einer kurzen Ruhepause beugte er sich zu dem leblosen Körper hinab und bog die Hinterläufe weit auseinander. Er achtete dabei darauf, sich nicht mit dem Kot zu beschmutzen. Dann zog er das Messer aus der Innentasche seiner Jacke.

II

Um halb drei wurde Gernot Bölkow ungeduldig. Mit großen Schritten durchmaß er, fast zwei Meter groß und dürr, die Lokalredaktion des Hamburger Kuriers. Ein nikotingebeiztes Großraumbüro mit orangefarbenen Aktenschränken. Die Einrichtung stammte noch aus der guten, alten, auflagestarken Zeit des Blattes: den späten siebziger Jahren. Der Anblick deprimierte den Chefredakteur. Er wandte sich ab und schaute aus dem Fenster durch den Novembernebel auf die schemenhaft auszumachenden Backsteinfassaden der Speicherstadt. Die 1883 für Kaffee-, Tee- und Gewürzhändler errichteten Lagerhäuser symbolisierten immer noch Hamburgs Reichtum. Mittlerweile war das denkmalgeschützte Quartier der weltweit größte Umschlagplatz für Orientteppiche.

Bölkow seufzte. In dieser Stadt der Krämerseelen hatte er eindeutig den falschen Job. Hier passierte einfach zu wenig, hier konnte man beim besten Willen keine Zeitung machen. Wie schön mußte die Arbeit in einer richtigen Metropole wie New York oder Los Angeles sein. Jeden Tag Morde, Bandenkriege und Feuersbrünste. Und hier? Viertel vor drei und immer noch keine spannende Story für die Montagsausgabe in Sicht.

Er steckte sich eine filterlose Zigarette an und drehte eine neue Runde. Sein gelblicher Teint rötete sich etwas. Die Redakteure schienen ihn nicht zu beachten, starrten auf ihre Bildschirme, telefonierten oder blätterten in irgendwelchen Unterlagen.

Bölkow trat hinter Bildungsredakteur Alwin Tornier, der an seinem Computer Patience spielte. Er trug mit weit über vierzig immer noch dieselbe Nickelbrille und dieselbe Frisur wie zu seiner Studentenzeit: schulterlanges, mittlerweile sehr dünnes Haar.

„Ich brauche einen Aufmacher, Alwin. Dringend." Bölkow hatte die Angewohnheit, sehr leise zu sprechen.

Tornier drehte sich zu ihm um und stieß dabei seine Kaffeetasse vom Tisch; auf dem Teppichboden bildete sich ein frischer Fleck, dem ein leichter Weinbrandgeruch entströmte. „Ein Aufmacher, das ist schwierig zur Zeit. Sehr schwierig." Wahllos zog er einen

Zettel aus einem Stapel. „Da wäre höchstens", er fingerte nervös an seiner Brille, „höchstens eine interessante Vortragsreihe, die morgen an der Uni beginnt. Über Heinrich Heines Verhältnis zu Hamburg."

„Heines Verhältnis zu Hamburg?"

Tornier lächelte verlegen.

„Alwin, wie lange bist du bei dieser Zeitung?"

„Genauso lange wie du. Ungefähr zwanzig Jahre."

„Dann müßtest du eigentlich wissen, was ein Aufmacher ist. Zum Beispiel: Kurier enthüllt: 'Heine liebte Männer'"

„Also, ich fürchte, damit kann ich nicht dienen."

„Wie wär's dann zumindest mit: 'Professor mißbraucht Studentin' oder 'Schüler verprügelt Lehrer?'"

Tornier zuckte die Achseln.

Warum habe ich diesen Versager nicht längst gefeuert? fragte sich Bölkow. Und gab sich auch gleich selbst die Antwort: Weil er ein großes Herz hatte. Weil er sentimental war. Schließlich hatten sie beide in den siebziger Jahren im selben Semester Kunstgeschichte studiert, später abgebrochen und waren dann beim Kurier gelandet. Im Gegensatz zu Tornier hatte er Karriere gemacht. Seit einem Jahr war er Chefredakteur. Nicht mehr lange, wenn das so weiterging. Jeden Tag dasselbe Trauerspiel. Kein Aufmacher und keine knackige Schlagzeile auf der Seite Eins. Ohne knackige Schlagzeile verkaufte sich eine Zeitung nicht, jedenfalls keine Boulevardzeitung - und der Hamburger Kurier war eine Boulevardzeitung, noch dazu die dritte am Platze mit schwindender Auflage.

„Ich hab' was", meldete sich Benno Gantz zu Wort.

Bölkow drehte sich zu ihm um. Dicklich, mit hängenden Schultern und glasbausteindicken Brillengläsern wirkte der Volontär genau so wie das arme Würstchen, das immer allein in der Schulhofecke steht. Sein Aussehen war sein Kapital: Er war der richtige Mann, wenn es darum ging, bei trauernden Angehörigen Fotos überfahrener Kinder oder erschossener Gatten abzustauben. Außerdem grub Gantz immer wieder gute Geschichten aus. Wie er an sie herankam, war Bölkow schleierhaft. Er haßte Menschen, die er nicht durchschaute.

„Was gibt's, Benno?"

„Einen Hundemord. Genau wie vor einer Woche." Bölkows Miene hellte sich schlagartig auf. „Das ist allerdings eine sehr gute Nachricht. Warum erfahre ich sie erst jetzt?"

„Die Besitzerin hat gerade eben angerufen."

„Nur uns?"

„Ja."

„Wieder ein Schäferhund?"

„Ja."

„Wieder erwürgt?"

„Ja. Außerdem wurde ihm sein Ding abgeschnitten. Es war wieder ein Rüde", präzisierte Gantz unnötigerweise.

„Also ein Serienmörder. Sehr schön!"

Tiere waren gut, ermordete Tiere besser und ermordete und verstümmelte Tiere noch besser. Bölkow sah die Titelseite schon klar vor Augen:

PERVERSER HUNDEMÖRDER SCHLÄGT WIEDER ZU / DIE POLIZEI TAPPT IM DUNKELN / WANN MUSS DAS NÄCHSTE TIER STERBEN?

Davon konnte der Kurier lange zehren. „Die Geschichte legen wir schön groß hin. Du", er zeigte auf Gantz, „fährst sofort mit einem Fotografen los und besorgst Fotos von Frauchen und Opfer. Und du", er zitierte Polizeireporter Gunter Saur zu sich, „bringst mir alles, was die Polizei über die Hundemorde weiß."

Saur blickte ihn fragend an. Er trug ein dünnes Oberlippenbärtchen, einen dunkelblauen Rollkragenpullover und wirkte häufig etwas abwesend, was wohl auch daran lag, daß er Tag und Nacht den Polizeifunk abhörte.

„Ich will alles über den Fall wissen", schärfte ihm Bölkow ein. „Gibt es Zeugen? Gibt es Verdächtige? Hat das Opfer sich gewehrt? Wurde der Täter gebissen? Wie erwürgt man überhaupt einen Hund? Wurde er wie beim ersten Fall zuerst betäubt? Wenn ja, womit?" Er leckte genießerisch seine Lippen. „Steckt die Russenmafia hinter den Verbrechen? Oder sind es vielleicht sogar die Scientologen? Ist in den letzten Tagen ein Geisteskranker ausgebrochen?"

„Ein Geisteskranker?"

„Gunter", er betonte jede Silbe, „wir können wohl davon ausgehen, daß normale Leute keine Hunde erwürgen und ihnen die Pimmel abschneiden."

Gantz grinste. Der Chefredakteur sah ihn scheel an.

„Sag, mal Benno, du bringst die doch nicht etwa eigenhändig um?"

„Wo denken Sie hin! Ich bin doch Tierfreund."

So lange es nicht herauskommt, wär's mir egal, dachte Bölkow. Und wandte sich an Tornier: „Für dich habe ich auch noch eine Aufgabe. Als Hintergrund brauche ich noch zwanzig geschliffene Zeilen über den Deutschen Schäferhund als solchen."

Um halb acht hielt Bölkow den Computerausdruck der Montagsausgabe in der Hand. Auf der Seite Eins prangte das Foto eines pechschwarzen Schäferhundes, der hechelnd seine Zunge zeigte und so treuherzig in die Kamera blickte, wie nur Schäferhunde blicken können. Darüber stand in großen Lettern:

DER HUNDEMÖRDER SCHLUG WIEDER ZU
ER KASTRIERTE AUCH SEIN ZWEITES OPFER

Gantz schaute Bölkow über die Schulter. „Kastriert ist aber nicht ganz richtig", merkte er altklug an. „Bei einer Kastration wird nämlich nicht das Glied abgeschnitten."

„Was du nicht sagst. Es ist aber die einzige Möglichkeit, die Sache mit einem Wort auf den Punkt bringen. Oder weiß unser Volontär ein besseres? Vielleicht: Der Hund wurde entmannt?"

„Kastriert geht schon in Ordnung", rief Tornier von seinem Schreibtisch aus herüber. „Schließlich hat auch Freud vom Kastrationskomplex geredet und damit die Angst kleiner Jungen gemeint, ihr Glied zu verlieren."

„Na also!" Befriedigt vertiefte sich Bölkow in den Artikel.

Hamburg brutal. Der perverse Hundemörder hat zum zweiten Mal zugeschlagen. Wieder fiel ihm ein Deutscher Schäferhund zum Opfer.

Hilde Petersen (46) aus Duvenstedt wundert sich, als ihr geliebter Hund Panther gestern mittag nicht wie gewohnt ins Haus kommt, wo sein Napf mit Rinderleber auf ihn wartet. Beunruhigt suchte sie den großen Garten nach ihm ab.

Hinter dem Komposthaufen macht sie die furchtbare Entdeckung: Das eineinhalb Jahre alte Tier liegt verkrümmt mit weit aus den Höhlen getretenen Augen auf dem Boden, die Zunge hängt ihm aus dem Maul. Der unschuldige Hund ist erwürgt worden. Und nicht nur das: zwischen seinen Hinterläufen eine Blutlache. Der irre Killer hat seinem Opfer das Glied abgeschnitten - und mitgenommen!

III

Hilde Petersen ist erschüttert. KURIER-Reporter Benno Gantz muß sie stützen. „Wie kann ein Mensch nur so etwas tun?" fragt die Hausfrau immer wieder mit tränenerstickter Stimme. „Warum schützt uns die Polizei nicht vor dieser Bestie?"

Die Hamburger Kripo ist sich in einem Punkt fast hundertprozentig sicher: Panthers Mörder hat vor einer Woche schon einmal zugeschlagen. In Harburg tötete er auf dieselbe grausame Weise den Polizeihund Harras (KURIER berichtete). Auch dieses Opfer war ein Deutscher Schäferhund, wurde - vermutlich mit einer Drahtschlinge - erwürgt. Auch ihm wurde das Glied abgeschnitten. Vor dem Mord betäubte der Täter den Rüden mit Rinderhackfleisch, das mit dem starken Beruhigungsmittel Valium versetzt war.

Noch liegen Laborbefunde nicht vor, die genauen Aufschluß über den schrecklichen Tod von Panther geben können. Doch alle Indizien deuten auf einen perversen Serien-Hundemörder hin. Bei der Fahndung nach ihm tappt die Polizei noch im dunkeln.

60 000 Hamburger Hundebesitzer bangen jetzt um ihre Vierbei-

ner. Denn es ist nur eine Frage der Zeit, bis der irre Killer wieder zuschlägt.

Der letzte Satz des Artikels erheiterte Florian Liebrecht. Beschwingt warf er die Zeitung auf den Altpapierhaufen neben der Spüle. Die Küchenuhr, die er vor Jahren aus einer LP gebastelt hatte, zeigte kurz nach neun.

In einer Stunde war es soweit, sein erstes Bewerbungsgespräch seit dem Diplom in Psychologie vor einem Jahr. Er zog das Sakko über, rückte die Krawatte vor dem Spiegel über der Spüle zurecht. Der neue Anzug hatte ihn endgültig ruiniert, sein Dispo war bis zum Anschlag überzogen. Diese Investition mußte sich lohnen. Der Startschuß für ein neues Leben, endlich Schluß mit dem Eremitendasein. Seit einem halben Jahr hatte er sich vergraben, war nicht mehr unter die Leute gegangen. Alles nur wegen seiner verpfuschten Doktorarbeit über den Zusammenhang von Genie und Wahnsinn. Eine fruchtlose Quälerei: Er hatte keine einzige Zeile zustande bekommen.

Er prüfte sein Bild im Spiegel. Glattrasiert, die lockigen aschblonden Haare kurz geschnitten, sah er ziemlich gut aus. Etwas fülliger war er geworden - ganz normal, wenn man die dreißig überschritten hatte. Er schloß den mittleren Knopf des Sakkos, so wie es ihm die Verkäuferin gesagt hatte. Wenn Moni ihn so sehen könnte. Der Gedanke an seine Ex-Freundin rief ein dumpfes Gefühl im Magen hervor. Es wurde noch dumpfer, als ihm der Kommentar in den Ohren klang, den sein neues Outfit bei ihr hervorrufen würde: „Ekelhaft, wie du dich beim Kapital anbiederst!" Die Trennung vor vier Monaten hatte ihm den Rest gegeben. Zu viele Grübeleien, viel zuviel Alkohol.

Komm schon Junge, positiv denken! feuerte er sich an. Wenn er erst den Job hatte, siebzigtausend Mark Anfangsgehalt pro Jahr, mindestens. Dann nichts wie raus aus diesem Loch, irgendwann eine Eigentumswohnung. Er strich über die Hose aus leichter Wolle mit den akkuraten Bügelfalten. Natürlich war der Job in Wahrheit kein Traumjob. „Diplom-Psychologe für die Schulung von Außendienstmitarbeitern gesucht" hatte es in der Anzeige der

Versicherung geheißen. Das bedeutete, Drückern beizubringen, wie sie Leuten sinnlose Policen aufschwatzen konnten. Für Moni würde so etwas nie in Frage kommen. Diesmal ein Stich im Herzen. Er warf den Trenchcoat über, drückte sich an der Batterie leerer Flaschen im Korridor vorbei und öffnete schwungvoll die Tür. Heiseres Gebell empfing ihn. Gott sei Dank hatte die Seibold ihren tückischen Spitz an der Leine.

„Awwä Herr Liebrescht, so früh unnewägs un so schick... Hawwe Sie was Besonderes vor?"

Seine Nachbarin - ihren üppigen Leib hatte sie in ein fleischfarbenes Korsett gezwängt, das von einem Kittel nur unvollständig verdeckt wurde, - rückte näher.

Die fehlt mir jetzt gerade noch, dachte Liebrecht. Die Seibold hatte seine frühere, romantische Auffassung von guter Hausgemeinschaft stark relativiert. Warum konnte nicht Naomi Campbell auf seiner Etage wohnen und ab und an klingeln, um sich Mehl oder Zucker bei ihm zu leihen? Warum war er mit dieser hessisch babbelnden Qualle und ihrer neurotischen Töle gestraft? Der Spitz sprang an Liebrechts linkem Bein hoch, um dort seine Genitalien zu reiben.

„Ach, Herr Liebrescht, isch hab ja solschä Angst um dän Diedä. Weschä däm Hundemöddä."

Liebrecht beobachtete mißfällig Dieter und sein Frauchen. Wie wurde er die Kuh nur wieder los? „Keine Angst, Frau Seibold, ich habe es nur auf Schäferhunde abgesehen. Bei Ihrer Töle könnte ich allerdings eine Ausnahme machen." Er schüttelte Dieter ab.

Der jaulte enttäuscht, die Seibold zog ihn mit einem Ruck an der Leine zu sich. Liebrecht knallte seine Wohnungstür zu und eilte die Treppe hinab. „Väbreschä, widälischä Väbreschä", schallte es ihm hinterher.

Auf der Straße holte er tief Luft und schritt zügig aus. Dieser Tag fing nicht gut an. Der Krach mit der Seibold war ein schlechtes Omen, ein sehr schlechtes Omen. Liebrecht neigte zum Aberglauben.

Vor dem Eingang zum S-Bahnhof lungerte wie immer ein Grüppchen Punker herum. Drei Jungs, zwei Mädchen, soweit er erkennen konnte, und drei Tölen, einer davon ein Schäferhund. Erstaunlich, daß sowohl der deutsche Spießer als auch seine größten Feinde dieselbe Freude an Hunden hatten, kam es Liebrecht in den Sinn. Er war schon fast an den Punkern vorbei, als er stehen blieb. Ich werde heute ein Opfer bringen, das bringt Glück, dachte er und zückte seine Börse. Er kramte ein Zweimarkstück hervor, um nach kurzem Überlegen zu einem Fünfer zu greifen. Gewöhnlich hatte er für Schnorrer nie etwas übrig, weil Spenden an den Ursachen des Elends nichts ändern könnten, wie er m Bekanntenkreis gern verlauten ließ. In Wahrheit war er geizig, außerdem störte ihn, daß sich Punker nie bei ihm bedankten.

Er steuerte auf die Bunthaarigen zu, mußte dabei einem exorbitantem Hundehaufen auf dem Kachelboden ausweichen. Weil niemand Anstalten machte, ihn anzuschnorren, hielt er seinen Fünfer einem Mädchen mit orangegefärbten Rastalocken und talgiger Haut hin, die gerade einen Schluck aus ihrer Bierdose nahm.

„Hier, das ist für euch."

„Danke, Bürger."

In Zeitlupentempo griff sie nach der Münze. Liebrecht deutete blöd eine Verbeugung an, machte ein paar Schritte rückwärts, und schon war es passiert. Sein linker Fuß versank in der breiigen Masse. Entsetzt starrte auf seinen bis zu den Senkeln besudelten Schuh.

„Verdammte Scheiße!"

Die Punker johlten, ihre Hunde fingen an zu kläffen. Außer sich vor Wut stampfte Liebrecht auf, ballte die Faust und schrie: „Eure Tölen gehören alle ins Labor!"

Für einen Moment herrschte Stille, dann brach das Gekläffe erneut los, und die Punker erhoben sich von ihrem Lager. Mit dem Ausruf „Fascho-Schwein!" schleuderte das Rasta-Mädchen ihre Dose auf Liebrecht; das Geschoß verfehlte sein Ziel knapp und schlug im Zeitungsstand hinter ihm ein. Liebrecht drehte sich auf seinem kotverschmierten Hacken um, drängte sich an den Gaffern vorbei und hetzte die Rolltreppe zum Bahnsteig empor. Oben lief ratternd ein Zug ein, er stürzte ins Abteil und kauerte sich, am ganzen Leibe zitternd, auf die nächste Bank. Beißender Gestank drang ihm in die Nase. Mit einem Stück Zeitung, das auf dem Boden herumlag, entfernte er die gröbsten Spuren und warf einen Blick auf die Uhr: zwanzig vor zehn. Das würde knapp werden. Gott sei Dank hatte er einen Euro-Scheck dabei. Er erinnerte sich an das Schuhgeschäft im Dammtorbahnhof, wo er sowieso aussteigen mußte. Dort sprang er aus dem Zug, hetzte die Rolltreppe hinunter und in den Laden. Zehn Minuten später verließ er ihn wieder und steuerte eines der Schließfächer an, wo er eine Plastiktüte verstaute. Dann eilte er aus dem Bahnhof über die Straße, und verschwand im Glaspalast der Mainzer Versicherungsgruppe.

IV

Zwei Kilometer entfernt, im dritten Stock des Polizeipräsidiums, schlummerte Hauptkommissar Dieter Trotzke hinter seinem Schreibtisch. Das Doppelkinn geriet in Bewegung, als er im Halbschlaf aufstoßen mußte. Vor den Gasen, die seiner Speiseröhre entströmten, zuckte er zurück; die heftige Bewegung wurde mit einem scharfen Schmerz im Hinterkopf bestraft. Mißmutig schwang er seinen massigen Körper, den er in einen braunen Zweireiher gezwängt hatte, im Drehstuhl um neunzig Grad. In sein Blickfeld geriet Inspektor Andreas Schmöller, der an einem kleinen Tisch neben der Tür saß und ins Leere starrte, statt, wie befohlen, ein Protokoll für Trotzke zu schreiben. Der Anblick seines blonden Assistenten im rot-gelb-grün geringelten Strickpulli verschlechterte die Laune des Hauptkommissars weiter.

„Ach übrigens, Schmöller, ich will nicht, daß Ihre Freundinnen hier ständig anrufen. Sorgen Sie gefälligst dafür, daß das aufhört."

Schmöller zuckte zusammen. „Wer hat angerufen?"

„Keine Ahnung. Irgend so eine Tante."

„Wann denn?"

Trotzke tat so, als ob er nachdachte. „Vorgestern, glaube ich. Nein, gestern."

Deswegen also hatte ihn Verena versetzt. Schmöller kochte. Es reichte nicht, daß durch seinen unregelmäßigen Dienst immer wieder Dates platzten, nein der sadistische Trotzke mußte ihm das Leben noch zusätzlich schwer machen. Er warf seinem Chef, der zufrieden grinste, einen bösen Blick zu.

Irgendwann bringe ich ihn um, dachte Schmöller, als die Tür aufging. Herein trat ein kleiner Mann mit rosigen Wangen, der eine Akte und Zeitungen unter dem Arm trug. Es war Arthur Sendemann persönlich, seit zwei Monaten Hamburger Polizeipräsident, der schnurstracks auf Trotzke zuhielt.

„Behalten Sie Platz, Herr Hauptkommissar, behalten Sie Platz." Der hatte keinerlei Anstalten gemacht, sich zu erheben. Was will der Holzkopf? fragte sich Trotzke.

Holzkopf war Sendemanns Spitzname, der seine steile Karriere dem richtigen Parteibuch und einem kurzen Abstecher in die Ex-DDR verdankte. Im Präsidium war man sich einig, daß der Polizeipräsident bereits mit der Leitung einer Volkshochschulfiliale überfordert wäre.

Ah, ich soll befördert werden. Trotzkes Schweinsäuglein begannen zu glänzen. Kriminalrat mit 47, wird ja auch Zeit. Allerhöchste Zeit für einen Mann, den der Hamburger Kurier zum Ermittler des Jahres gewählt hatte. Ja, Pressearbeit zahlt sich aus. Vor allem der gute Kontakt zum Polizeireporter Saur. Trotzke wuchtete seine hundertzwölf Kilo aus dem Stuhl und reichte Sendemann die Hand.

„Guten Tag, mein lieber Herr Präsident!"

Das soll das As der Mordkommission sein? Na ja, das Äußere konnte täuschen. Sendemann versuchte seine nun klebrigen Finger unauffällig am Hosenbein abzuwischen. Er hatte seine Laufbahn bei der Verkehrspolizei begonnen, Kripoleute waren seiner Auffassung nach komische Käuze. „Ich will nicht lange herumreden, Hauptkommissar Trotzke. Sie haben ja sicherlich von den getöteten Hunden gehört." Der Polizeipräsident zog einen Stuhl heran, nahm Platz und begann, seine Hände zu reiben.

„Von was?" Trotzke ließ sich zurückplumpsen, seine Züge nahmen wieder den gewohnt mißmutigen Ausdruck an. „Schmöller, holen Sie dem Polizeipräsidenten und mir Kaffee!"

„Nun, es sind kurz hintereinander zwei Schäferhunde getötet und verstümmelt worden."

Schmöller goß den beiden Kaffee ein, stellte eine Keksdose auf den Schreibtisch.

„Na und?" Trotzke griff in die Dose.

„Ich möchte, daß Sie den Fall übernehmen."

Trotzke zermalmte drei Spekulatius.

„Tote Hunde", entfuhr es ihm heftig, wobei einige Krümel den Polizeipräsidenten trafen, „das ist Sachbeschädigung. Was habe ich damit zu schaffen?"

„Nun, Sachbeschädigung ist vielleicht etwas untertrieben." Sendemann hörte auf, seine Hände zu reiben.

„Verstoß gegen das Tierschutzgesetz", bemerkte Schmöller. „Niemand darf einem Tier ohne vernünftigen Grund Schmerzen, Leiden oder Schäden zufügen." Er schaute Sendemann beifallheischend an.

„Genau richtig", lobte der ihn und wandte sich dann wieder Trotzke zu. „Ich weiß, ich weiß, natürlich ist dies ein, ehem, etwas ungewöhnlicher Fall, der strenggenommen nicht in Ihr Aufgabengebiet fällt. Doch die Hundemorde bewegen mittlerweile die ganze Stadt." Er wedelte mit den Zeitungen. „Das ist die Gelegenheit, uns einmal von der besten Seite zu zeigen. Gerade auch nach dem sogenannten Polizeiskandal."

Mit dem „sogenannten Polizeiskandal" meinte Sendemann die Tatsache, daß Ausländer von Polizisten mißhandelt worden waren. Polizeiführung und Staatsanwaltschaft hatten die Prügelbeamten gedeckt - bis die Presse die Sache publik machte.

„Wegen zweier toter Köter ein solcher Aufstand?" Die Aussicht auf Arbeit schlug Trotzke aufs Gemüt.

„Unterschätzen Sie die Angelegenheit nicht." Sendemann hob den Zeigefinger. „Sie wissen, wie sich die Presse auf alles stürzt, was mit Tieren zusammenhängt. Denken Sie an die schönen Fotos der Kollegen, die die Entenfamilie vor dem Überfahren bewahrt haben."

Trotzke kratzte sich am Kopf. „Dann sollten wir die Sache auch gleich richtig angehen. Wie wär's, wenn Sie mich der Öffentlichkeit als Chefermittler präsentieren?"

Sendemann wackelte mit dem Kopf. „Das ist vielleicht noch etwas verfrüht. Sollte der Täter allerdings noch einmal zuschlagen, werde ich eine Pressekonferenz einberufen. Am besten wäre allerdings, wenn es sowe t gar nicht käme." Er stand auf und hielt Trotzke den Ordner hin. „Hier steht alles drin, was wir über die beiden, ehem, Vorfälle wissen." Er ging zur Tür. „Ach ja", ergänzte er noch im Gehen, „das erste Opfer, vielmehr der Halter des ersten Opfers, das ist ein Kollege. Hundeführer sowieso, steht in der Akte. Vielleicht kann der Ihnen bei den Ermittlungen helfer."

Sendemann rauschte ab.

„Und nun zu Ihnen, Schmöller." Mit seinem Stuhl rollte Trotzke auf den Assistenten zu. „Eins merken Sie sich gefälligst: Sie halten das Maul, wenn sich Vorgesetzte unterhalten!" Ein Krümelregen prasselte auf Schmöller nieder. „Und jetzt ab an die Arbeit!" Trotzke knallte den Ordner auf Schmöllers Schreibtisch. „Sie fahren zu beiden Tatorten, sehen zu, ob Sie noch was rausbringen können. Diesen Hundeführer sacken Sie gleich ein und liefern ihn hier ab."

„Ist das nicht ein bißchen übereilt?" wagte der Assistent einzuwenden.

„Was übereilt ist und was nicht, entscheide ich. Ab geht die Post!"

Schmöller warf seine Wildlederjacke über und knallte die Tür zu.

Der Hauptkommissar seufzte und rollte an seinen Schreibtisch zurück. Der obersten Lade entnahm er ein Fläschchen „Schlüpferstürmer", das er köpfte und zwischen seine gelben Zähne klemmte, um den Schlehenlikör mit nach hinten gelegtem Kopf in den Rachen fließen zu lassen. Er rülpste herzhaft und vertiefte sich dann in den Speiseplan der Kantine.

V

Schmöller verfluchte mal wieder von ganzem Herzen den Tag, an dem er sein Politologie-Studium abgebrochen hatte, um in den Polizeidienst einzutreten. „Jetzt bist Du endlich abgesichert!" äffte er seine Mutter nach. Abgesichert. Ha! Besser arbeitslos, als unter Trotzkes Knute zu arbeiten. Dem Star der Mordkommission, ha! Daß der Kurier den Dicken zum Ermittler des Jahres gekürt hatte, war der größte Skandal. Wegen dreier aufgeklärter spektakulärer Fälle. Ha! Zu einem von ihnen hatte er, Schmöller, die entscheidenden Hinweise geliefert. Das hatte Trotzke natürlich unterschlagen. Einen Verdächtigen hatte der Dicke auf der Flucht, wie es später hieß, erschossen. In Wahrheit war Trotzke mit der nicht gesicherten Dienstwaffe in der Hand gestolpert. Wer weiß, ob sein unglückliches Opfer überhaupt schuldig war. Und der dritte vom Superkommissar überführte Mörder hatte später vor Gericht einen Freispruch erster Klasse bekommen. Aber das interessierte die Presse herzlich wenig. Besonders nicht den Saur vom Kurier, der Trotzke besonders ins Herz geschlossen hatte.

Schmöller gab Gas. Sein Golf heulte vorwurfsvoll auf und schoß dann aus der Tiefgarage des Präsidiums knapp an einer Frau mit Kinderwagen vorbei. Als Schmöller zehn Minuten später die Elbe überquerte, hatte der Nebel sich gelichtet und gab den Blick frei auf Frachter, Container und Kräne. Die schöne Aussicht stimmte ihn milder. Um halb zwölf bog er in eine Seitenstraße in Harburg-Sinstorf ein. Gelb verklinkerte Häuschen duckten sich hinter Jägerzäunen. Hoffentlich war Polizeiobermeister Rainer Kubnitz überhaupt zu Hause. Auf sein Klingeln öffnete ein mittelgroßer Mann um die fünfzig mit sehr buschigen Augenbrauen. Er trug eine Trainingshose und ein Feinrippunterhemd, aus dem üppige Brustbehaarung quoll. Auch die Oberarme waren mit einem dichten Pelz bedeckt.

„Herr Kubnitz? Mein Name ist Schmöller von der Mordkommission. Wir ermitteln in Sachen Hundemorde."

Kubnitz musterte ihn eine Weile, ging dann wortlos vor ins Haus; Schmöller folgte ihm ins Wohnzimmer. Eine Schrankwand,

Eiche rustikal, kupferne Untersetzer auf dem Couchtisch. Er setzte sich in einen Sessel, der Hausherr blieb stehen.

„Von der Mordkommission sind Sie?"

„Ja, Hauptkommissar Trotzke und ich sollen uns um den Fall kümmern. Eine Idee des Polizeipräsidenten."

„Trotzke. Von dem hört man ja viel. Hoffentlich kriegt der diesen Mistkerl."

Schmöllers Blick fiel auf die Schrankwand. Inmitten Dutzender Pokale stand das gerahmte Foto eines Schäferhundes mit steil aufgerichteten Ohren. Das Bild war mit einem Trauerflor versehen. Schmöller schluckte. „Ist das, ich meine, war das Ihr Hund?"

„Ja, das ist Harras."

Kubnitz' Stimme klang rauh. Schmöller war unangenehm berührt. Wie konnte der Tod eines Hundes einen Erwachsenen so mitnehmen? Er erinnerte sich daran, daß er als Kind einige Zeit um seinen Goldhamster getrauert hatte.

„Wir hoffen, daß Sie uns bei den Ermittlungen unterstützen. Sie kennen sich ja gut aus mit Hunden."

Kubnitz zögerte wieder eine Weile, bevor er antwortete: „Warum nicht? Wenn ich helfen kann? Ich bin ohnehin beurlaubt, seit Harras..."

Schmöller rutschte nervös auf seinem Sessel. „Könnten Sie mir den Tatort zeigen?"

Kubnitz führte ihn an die Rückseite des Hauses zu einem Betonverschlag mit Holzgatter. Auf dem Plattenweg davor war ein bräunlicher Fleck zu erkennen.

„Hier ist es also passiert?"

Kubnitz antwortete nicht.

„Der Tod von Harras, ist Ihnen wohl sehr nahe gegangen?"

„Wir waren vier Jahre lang ein Team, er ist mir ans Herz gewachsen. Fast jeden Tag haben wir trainiert. Ich will nicht angeben, aber er ist, er war einer der besten Sprengstoffhunde in ganz Norddeutschland." Kubnitz schien aufzutauen.

„Wie lernt ein Hund so was?"

„Das wichtigste ist der Spieltrieb. Man läßt die Hunde mit Kapseln spielen, die mit verschiedenen Sprengstoffen präpariert sind.

So lernen sie, Schwarzpulver, TNT und andere Sorten am Geruch zu erkennen. Später werden die Kapseln versteckt und die Hunde müssen sie suchen. Finden sie die Probe, werden sie belohnt. Dasselbe machen sie dann im Einsatz auf der Suche nach Bomben. Harras war sehr talentiert, besonders bei der Spurensuche. Er hat Dutzende Projektile in unwegsamen Gelände gefunden."

„Ich verstehe nicht, wie es der Täter geschafft hat, sich einem Polizeihund so einfach zu nähern."

Kubnitz knetete seine Finger. „So schwer hat Harras es ihm wohl nicht gemacht. Er war sehr zutraulich. Das war sein Verhängnis."

„Sie leben allein?"

„Ja, meine Frau ist im Frühjahr gestorben."

„Der Zwinger war nicht abgeschlossen?"

„Nein, nur mit einem Holzpflock gesichert."

Schmöller blätterte im Aktenordner. „Sie haben das Tier in der Nacht zum Dienstag gefunden?"

„Ja, gegen Mitternacht. Ich kam vom Skat und wollte noch mal nach ihm sehen. Da lag er. Er war schon kalt."

„Und niemand hat etwas gehört?"

„Nein, niemand. Ich habe natürlich alle Nachbarn gefragt. Keiner hat etwas gesehen oder gehört. Auch ein fremdes Auto ist niemandem aufgefallen."

„Haben Sie einen Verdacht?"

„Ich habe mir den Kopf schon zermartert. Habe gegrübelt, ob irgend jemand mir einen Denkzettel verpassen wollte. Aber mir fällt niemand ein. Und jetzt ist ja sowieso klar, daß das ein Psychopath ist. Einer, der wahllos zuschlägt."

„Na, wir werden ihn schon kriegen", sagte Schmöller leichthin.

„Ich wollte jetzt zum zweiten Tatort fahren. Würden Sie mich begleiten? Danach könnten wir im Präsidium vorbeischauen. Hauptkommissar Trotzke möchte sich gern heute noch mit Ihnen unterhalten."

Kubnitz massierte sein Kinn. „Sagen Sie, ist der Trotzke eigentlich wirklich so gut?"

„Er gilt als sehr erfolgreicher Kriminalist", antwortete Schmöller diplomatisch.

Nachdem Kubnitz sich umgezogen und rasiert hatte, fuhren die beiden los. Der Hundeführer folgte Schmöller mit einem metallic-blauen Opel Vectra. Ich wette, er hat einen gehäkeltem Klorollen-überzug im Fond, dachte Schmöller.

Nach fast einstündiger Fahrt erreichten sie Duvenstedt im äußersten Norden Hamburgs, beliebte Wohngegend höherer Angestellter, die sich eine Bleibe in einem richtig teuren Viertel wie Blankenese nicht leisten konnten.

VI

Das Haus, das sie suchten, lag hinter einer mehr als mannshohen immergrünen Hecke. Schmöller drückte auf die Klingel am wuch-tigen Tor und hielt seinen Dienstausweis vor das Objektiv der Videokamera. Das Tor glitt auf.

„Ziemlich schwierig, da reinzukommen."

Kubnitz zuckte die Achseln. Die beiden stapften auf der kies-bestreuten Auffahrt auf ein weiß verklinkertes Haus zu. In der Tür stand eine blonde Frau in schwarzem Pelzmantel. Plötzlich schoß ein Schatten an ihr vorbei und auf die Besucher zu. Kubnitz blieb abrupt stehen.

„Keine Angst, der will nur spielen", rief die Blonde. Ein pech-schwarzer Hund sprang knurrend an Schmöller hoch, bis Kubritz ihn mit festem Griff im Genick packte. Das Tier ließ sofort ab, zog den Schwanz ein und winselte unterwürfig. Schmöller fiel Churchills Diktum über die Deutschen ein: Entweder sie liegen einem zu Füßen oder man hat sie an der Kehle.

„Hat der böse Onkel Dir weh getan, mein armer kleiner Panther?" Die Blonde eilte zu dem Hund und küßte ihn auf die Schnauze.

Schmöller mußte an die Haufen denken, in die Hunde ihre Schnauzen stecken. „Frau Petersen?" Er streckte ihr die Hand hin.

„Mein Name ist Schmöller, das ist Polizeiobermeister Kubnitz. Wir

23

dachten, Ihr Hund wäre tot?"

„Das ist Panther Zwei. Es war gar nicht einfach, wieder so einen zu kriegen. Ich finde, schwarz paßt gut zu meinem Typ." Sie lächelte Schmöller an und entblößte dabei ihre perlweißen dritten Zähne.

Schmöller deutete auf Kubnitz. „Der Hund von meinem Kollegen wurde übrigens auch getötet - vermutlich vom selben Täter."

„Das habe ich in der Zeitung gelesen. War der auch schwarz?"

„Nein", brummte Kubnitz.

„Sie ahnen ja nicht, was das für ein Aufwand ist, einen ganz und gar schwarzen zu finden. Und dann kommt so ein Perverser und macht ihn einfach tot. Meine Freundinnen", plapperte sie unvermittelt weiter, „haben alle Golden Retrievers. Aber für mich kam nur ein schwarzer Schäferhund in Frage. Und färben gilt nicht." Sie zwinkerte Schmöller zu.

„Wir würden uns gern den Tatort anschauen."

„Den habe ich Ihren Kollegen und dem Zeitungsfritzen doch schon gezeigt. Ein aufdringlicher Typ. Und so häßlich. Ich weiß gar nicht, wie der auf uns gekommen ist. Ich habe die Presse jedenfalls nicht benachrichtigt." Sie gingen um das Haus herum. Der Garten dort fiel auf einer Strecke von etwa dreihundert Metern zu einem Maschendrahtzaun hin ab. Auf dem für die Jahreszeit erstaunlich saftig wirkenden Grün standen nur ein halbes Dutzend penibel gestutzte Wacholder und am Rande des Grundstücks ein großer Rhododendron. Dorthin führte sie die Petersen. „Auf dem Bild in der Zeitung sehe ich schrecklich aus", beschwerte sie sich. „Hier ist der Perverse eingedrungen". Sie zeigte auf ein Loch im Zaun neben dem Komposthaufen.

Schmöller ging in die Knie. „Dazu reicht eine Kneifzange. Und gesehen werden kann man hier auch nicht."

„Sie sagen es. Ich liege meinem Mann schon seit Jahren in den Ohren, daß wir auch hinten einen vernünftigen Zaun brauchen mit Bewegungsmeldern oder wie die Dinger heißen." Sie wies ins Unterholz jenseits des Maschendrahts. „Da fängt das Naturschutzgebiet an. Ein prima Versteck für Kriminelle. Gerade jetzt hört man ja so viel von diesen Rumänenbanden."

Schmöller zog ein Foto aus seiner Mappe und zeigte es Kubnitz. „So wurde das zweite Opfer gefunden. Erst betäubt, dann vermutlich mit einem Draht erwürgt. Danach hat der Täter dem Hund das Glied abgetrennt und ihm dabei eine ziemlich große Wunde beigebracht. Nach Aussage des Veterinärs mit einem kleinen, aber stabilen und sehr scharfen Messer."

„Abscheulich, ihm auch noch das kleine Ding abzuschneiden." Die Hausherrin tätschelte Panther Zwei. „Auf Dich passe ich auf, Du darfst nicht mehr aus dem Haus."

„Sein Vorgänger lief ständig frei herum?"

„Ja, nur nachts haben wir ihn hereingeholt."

„Der Mörder mußte also nur ein Loch in den Zaun schneiden und den Hund mit dem Köder anlocken. Im Schutz der Bäume konnte er ohne Risiko agieren."

„Ist Ihnen jemand aufgefallen, der sich für den Hund interessiert hat?" wollte Kubnitz wissen.

„Alle fanden ihn toll, weil er so gut aussah."

„Gab es jemanden, der aggressiv auf ihn reagiert hat?" hakte er nach.

„Nein, wirklich nicht. Wir hatten ihn ja auch erst zwei Monate."

„Hat er vielleicht jemanden gebissen? Ein Kind oder einen anderen Hund?"

„Nein, nur meinen Mann, als der ihn vom Züchter abgeholt hat." Sie kicherte.

„Wir brauchen Name und Anschrift des Züchters."

Die Petersen stöckelte ins Haus, um die Unterlagen zu holen. Auf keinen Fall wollte sie die beiden hineinlassen. Den Gutaussehenden vielleicht schon, aber nicht den groben Klotz.

Es war mittlerweile dunkel und begann zu nieseln. Schmöller schlug seinen Kragen hoch. „Haben Sie die Petersen oder ihren Hund jemals gesehen?"

Kubnitz schüttelte den Kopf. „Weder dienstlich noch privat."

Sie machten kehrt. Die Petersen kam ihnen entgegen und drückte Schmöller einen Zettel in die Hand.

Der zückte seine Karte. „Wenn Ihnen noch etwas einfällt, dann rufen Sie mich an. Jederzeit, auch privat. Jede Kleinigkeit kann wichtig für uns sein." Das klang nach Derrick, aber trotzdem gut, fand er. Und plötzlich wurde ihm bewußt, daß dieser Fall eine Riesenchance für ihn war. Ein wohliger Schauer rieselte über seinen Rücken. Er wußte zwar noch nicht wie, aber er würde den Hundemörder fassen. Er würde aus Trotzkes Schatten heraustreten. Sein Name würde in aller Munde sein. Euphorisch verabschiedete er sich von der Petersen und machte sich zusammen mit Kubnitz auf den Weg ins Präsidium.

VII

Das Büro lag im dunkeln. Von Trotzkes Gegenwart zeugte regelmäßiges Schnarchen. Schmöller schaltete das Licht ein und rief: „Guten Abend, Herr Hauptkommissar!"

Im Schein der Neonröhren war Trotzke nun auszumachen: Er fuhr hoch und wischte mit dem Arm einige Fläschchen vom Schreibtisch. In seinen schwammigen Zügen spiegelten sich Verwirrung und aufkeimende Wut.

Schmöller trat auf ihn zu. „Darf ich Ihnen Polizeiobermeister Kubnitz vorstellen?"

Trotzke grunzte etwas Unverständliches, erhob sich ächzend und drängte sich wortlos an dem in der Tür stehengebliebenen Kubnitz vorbei, der keine Miene verzog.

Schmöller riß das Fenster auf. Feuchte Luft drang in den überhitzten Raum. Er hob die Likörfläschchen auf, ließ sie in den Papierkorb fallen und bemerkte: „Der Herr Hauptkommissar wird sich wohl etwas frisch machen nach dem kleinen Nickerchen." Andere hätten sich für ihren Chef geschämt. Bei ihm lagen die Dinge anders, stellte er zufrieden fest. Trotzkes Ausfälle stärkten seine Position. Ich werde den Fall lösen, schoß es ihm wieder durch den Kopf. Dieser Kubnitz, er warf einen abschätzigen Blick auf den Hundeführer, der sich keinen Millimeter von der Stelle gerührt hatte, ist keine Konkurrenz für mich.

Es dauerte zehn Minuten, bis Trotzke wieder auftauchte und die Tür hinter sich zuknallte. „Sie sind also der Kollege mit dem abgemurksten Köter", raunzte er Kubnitz an und ordnete, bevor der etwas erwidern konnte, barsch an, das Gespräch „an einen gemütlicheren Ort" zu verlegen.

Schmöller, der wußte, daß dies wieder einen verlorenen Abend für ihn bedeutete, ballte die Faust in der Tasche. Mit dem Hauptkommissar an der Spitze verließen die drei das Präsidium. Trotzke steuerte zielstrebig eine Kneipe auf der gegenüberliegenden Straßenseite am Eingang zur U-Bahn an. Über der Tür leuchtete ein Schild mit der Aufschrift „Bei mir". Schmöller hatte schon häufig über den Sinn dieser Variante gemeiner Eckkneipennamen wie „Bei Günther", „Bei Horst", „Bei Erika" oder sonst wem nachgegrübelt. Genauso rätselhaft war ihm die Anziehungskraft, die diese fiese Pinte auf seinen Chef ausübte.

Drinnen empfingen sie Howard Carpendale mit „Hello again", das Düdelü des Geldspielautomaten und heisere Sprachfetzen der drei Typen, die an der Theke hockten. Es stank nach Nikotin, Altmännerschweiß und Agonie. Hier verlebte Trotzke seine freien Abende. Seit seine Frau ihn vor vier Jahren verlassen hatte, war jeder Abend für ihn frei. Er lotste Kubnitz und Schmöller in eine Nische und bestellte, den Einspruch Kubnitz' ignorierend, drei Pils und drei Schlüpferstürmer. Dann puffte er Schmöller in die Seite. „So, Bürschchen, erzähl' mal, was du rausgefunden hast."

Schmöller haßte es, geduzt zu werden.

Seinem Bericht folgte Trotzke mit halb geschlossenen Augen, unterbrach zweimal, um beim Wirt Manni, dessen Kotletten bis zum Kinn reichten, eine neue Runde zu ordern.

„Ich fasse also zusammen:", Trotzke stieß laut auf, „abgemurkst wurden zwei Köter." Kubnitz räusperte sich. „Und zwar auf genau dieselbe Art und Weise. Erst mit valiumgetränktem Rinderhack betäubt, dann mit einem Draht erwürgt. Zu allem Überfluß wurden ihnen noch die Schwänze abgehackt."

„Ich würde eher sagen: herausgeschnitten", bemerkte Schmöller.

„Ist doch wurst!"

„Nicht ganz", korrigierte Kubnitz den Hauptkommissar. „Das Glied eines Hundes ist nämlich normalerweise gar nicht zu sehen. Wenn es nicht steif ist, liegt es in einer Art Felltasche. Die mußte der Täter erst aufschneiden, um dann den Penisknochen zu durchtrennen."

„Penisknochen?" Trotzke schaute ungläubig. „Hunde haben einen Knochen in ihrem Pimmel?"

„Ja. Genau wie Bären."

„Sie mal einer an. Gut, daß wir einen Experten dabei haben." Trotzke klopfte Kubnitz jovial auf die Schulter. „Jedenfalls hat unser Mann diese hübschen knochigen Souvenirs auch noch mitgehen lassen. Oder könnte es vielleicht auch eine Frau gewesen sein?"

Kubnitz überlegte. „Vielleicht schon. Für das Würgen braucht man zwar einige Kraft, aber denkbar ist das."

„Frauen werden erwürgt, Männer erschossen. Merkt euch das!" trompetete Trotzke zusammenhangslos. Dann gähnte er herzhaft. „Wie lange dauert es eigentlich, bis man so einen Köter erwürgt hat?"

„Fünf bis zehn Minuten", sagte Schmöller.

„Und zwischen den beiden Morden", Trotzke hüstelte künstlich, „besteht keine Verbindung?"

„Bis jetzt kennen wir jedenfalls noch keinen Zusammenhang. Außer, daß es Schäferhunde waren."

„Ein Mode-Fifi und ein gewöhnlicher Polizeiköter." Trotzke prostete Kubnitz zu.

Der lief puterrot an: „Harras war kein gewöhnlicher Polizeihund!"

„Was denn sonst?"

„Ein Sprengstoffhund. Ein sehr guter."

„Hat Sie wohl schwer mitgenommen der Verlust." Es gelang Trotzke nicht, eine mitfühlende Miene aufzusetzen. „Da muß man durch." Er tätschelte Kubnitz' Hand. „Vielleicht liegt des Rätsels Lösung ja in Ihrem Job. Ein enttäuschter Terrorist, dem der clevere Köter den großen Bums versaut hat. Und der andere tote Köter soll

28

uns ablenken."

„Wir sollten uns zunächst an die Fakten halten", schaltete sich Schmöller ein. „Zwischen den beiden Opfern gibt es anscheinend keine Verbindung. Weder kannten sich Herr Kubnitz und die Petersen noch kommen die Hunde vom gleichen Züchter. Ich gehe davon aus, daß auch die Überprüfung der Stammbäume keine weiteren Anhaltspunkte erbringen wird. Nein, die Morde sind über ein drittes logisches Glied miteinander verbunden, das wir noch nicht kennen."

„Das unbekannte Hundeglied!" Trotzke artikulierte sich mittlerweile sehr undeutlich.

Schmöller bemühte sich, die Fassung zu bewahren. „Meiner Auffassung nach liegt der Schlüssel allein in der Person des Mörders. Aus irgendeinem Grund haßt er Schäferhundrüden. So sehr, daß er sie nicht nur umbringt, sondern auch noch verstümmelt. Der Täter muß pervers sein."

„Oder Briefträger. Oder es war die Chinamafia, Harry", lallte Trotzke.

Kubnitz schaute Schmöller fragend an, der verzweifelt die Hände rang. Daß Trotzke ihn, der Andreas hieß, mit Harry ansprach, zeigte, daß der Hauptkommissar in Bombenstimmung war. Immer dann fand er es komisch, Schmöller mit dem Vornamen des Assistenten von ZDF-Oberinspektor Derrick anzusprechen.

„Die Chinamafia, Harry!" Trotzke drosch mit der Faust auf den Tisch. „Diese Schlitzaugen benutzen doch alle möglichen Tierteile als Aphroso..., na, Dingsbums, also geriebene Elefantenzähne, Löwenhoden... Warum nicht auch - Köterpimmel!" Er starrte aus geröteten Augen in die Runde. „Morgen, Harry, nein, besser jetzt gleich wirst du, zusammen mit" - er sah Kubnitz eine Weile sinnend an, bis ihm der Name von Derricks zweitem Assistenten einfiel - „zusammen mit Berger alle Chinarestaurants abklappern. Alle!"

Während des Geredes hatte sich einer der drei Thekenhocker vor dem Tisch aufgebaut. Eine schmächtige Gestalt in der typischen Eckkneipen-Uniform, einem ballonseidenen vielfarbigen

Trainingsanzug. Dazu trug er hellblaue Badelatschen. „Ihr habt meine Kinder beleidigt!" rief er drohend. Trotzke beachtete ihn nicht weiter. Er kippte ungerührt seinen siebten Likör. Kubnitz glotzte in sein Bier. Schmöller ließ den Blick schweifen, konnte aber nirgendwo Kinder entdecken. „Du hast meine Kinder beleidigt!" präzisierte der Mann seine Anschuldigung und versetzte Schmöller einen Schlag auf die Nase, die sofort heftig zu bluten begann. Er holte zum zweiten Mal aus, als Kubnitz mit einem Satz von seiner Bank aufsprang und den Attentäter packte. Trotzke grinste breit. „Das ist ja ein Ding! Ein Angriff auf einen Polizeibeamten, der friedlich am Biertisch sitzt. Na, warte Freundchen!" Schwankend erhob er sich und verpaßte dem Attentäter links und rechts eine kräftige Backpfeife, was der stoisch über sich ergehen ließ. „Manni, guck doch mal, ob dieser Verbrecher Geld dabei hat", rief Trotzke dem Wirt zu. Manni kam gehorsam hinter dem Tresen hervor und leerte die Taschen des Schlägers. Schmöller versuchte derweil, die Blutung mit einer Serviette zu stillen. „Siebenundfünfzig Mark", meldete Manni. „Her mit dem Fuffi!" befahl Trotzke, „der ist als Schmerzensgeld konfisziert. Und den Kerl", er versetzte dem Wehrlosen noch einen kräftigen Leberhaken, „schmeißt du raus."

Nachdem der Attentäter entfernt worden war, bestellte Trotzke eine weitere Runde. Kubnitz bestand auf Kaffee. „Mensch Harry", Trotzke drosch Schmöller auf die Schulter, worauf dessen Nase wieder zu bluten begann, „wie konnte das denn passieren? Ein gestandener Kriminaler läßt sich doch nicht von so einem Penner zusammenschlagen." Er lachte dröhnend, bis es piepte. Das Piepen kam aus seiner Jackentasche und bedeutete, daß er im Präsidium anrufen mußte. „Es ist besser, ich erledige das", sagte Schmöller und eilte zur Theke. Nach einer Minute kam er zurück.

"Wieder ein toter Schäferhund. Wir müssen los."

„Harry", Trotzke stützte sich auf Kubnitz, um hochzukommen, „du holst schon mal den Wagen."

VIII

Die Bestie glotzte ihn böse an. Aus ihrem Rachen loderte eine Flamme zu ihm empor, drohte seine Wimpern zu versengen. Er zuckte zurück, Angstschweiß näßte seine Achseln. Jetzt nur die Nerven behalten! Ohne den Blick vom Ungetüm zu wenden, griff Liebrecht nach seinem dreiviertelvollen Glas und goß den Inhalt dem Ungeheuer mit einem Schwung in den Schlund.

Der Pudel jaulte laut auf, schüttelte sich kräftig; eine Gischt aus Bier ging auf Liebrecht und die anderen Gäste an der Theke des Bahnhofsbistros nieder. Er war verwirrt: die Verwandlung der Bestie in ein Schoßhündchen - welch' perfide Metamorphose. Merkwürdigerweise hatte es auch gar nicht gezischt, als er die Flamme gelöscht hatte.

„Verdammte Sau!" Die Stimme der Bedienung mit der Joan-Collins-Frisur drang an sein Ohr. Irgend jemand packte ihn mit eisernem Griff von hinten, donnerte seinen Kopf auf den Tresen.

„Die Flamme, ich mußte sie löschen!" versuchte er zu erklären.

„Jetzt reicht's!" kreischte das ordinäre Weib noch lauter. Sie zog ihm die Börse aus der Tasche und unter wüsten Beschimpfungen fünfzehn große Pils plus sechzig Mark Reinigungskosten für den Hund ab. Zusätzlich gab's „Lokalverbot für immer".

Der Gorilla, der seine Arme umklammert hielt, schleifte Liebrecht zum Ausgang und versetzte ihm einen kräftigen Tritt. Er landete auf dem kippenübersäten Boden der Bahnhofshalle.

Sein Schädel dröhnte, die Knochen schmerzten. Wie war er in diese entwürdigende Lage gekommen? Mühsam entsann er sich: Nach dem Bewerbungsgespräch wollte er noch irgend etwas im Bahnhof erledigen. Was, fiel ihm partout nicht mehr ein. Schon wieder ein Filmriß, wie so oft in letzter Zeit. Und schon wieder hatte er im Tran Gespenster gesehen - ein schlechtes Zeichen. Verzweifelt versuchte er, sich zu erinnern. Auf alle Fälle hatte ihn der unbändige Drang überkommen, den Beginn seiner beruflichen Karriere mit einem kleinen Bierchen zu feiern. Und zwar im Bahnhofsbistro, einer auf rustikal getrimmten Kneipe für Vertretertypen in C&A-Anzügen. Mit diesen Spießern hatte er sich plötzlich verbunden gefühlt, hatte wohl die eine oder andere Runde ausgegeben und ohne Punkt und Komma auf seine neuen Bekannten eingeredet. Von seiner Dissertation hatte er ihnen erzählt und von anderem Nonsens aus seinem Studium. Egal, wichtig war, daß es mit dem neuen Job geklappt hatte! Beim Gedanken an das Bewerbungsgespräch überlief es ihn noch einmal heiß und kalt. Wie ihm der Personalmensch ins Wort gefallen war: „Herr, Liebrecht, Sie müssen uns hier nicht weismachen, daß Sie sich seit Ihrer Kindheit brennend für die Versicherungswirtschaft interessieren. Ihre", er hatte eine kleine gemeine Pause gemacht, „Vita spricht eine ganz andere Sprache. Geben Sie es ruhig zu, in Wahrheit lehnen Sie unser Geschäft doch aus tiefstem Herzen ab. „Aber", er hatte Liebrecht keine Zeit zum Widerspruch gelassen, „das macht überhaupt nichts. Im Gegenteil, genau deswegen wollen wir Sie ja einstellen. Sie sollen uns ein neues Marktsegment aus Ihresgleichen erschließen. Sie werden unseren Repräsentanten beibringen, wie man moralinsauren Studienräten und Sozialarbeitern Versicherungen verkauft."

Das also war sein neuer Job. Befristet auf ein Jahr zunächst und mit 50 000 Mark Anfangsgehalt schlecht bezahlt. Aber immerhin der Beginn einer bürgerliche Existenz, nach der er sich - das mußte er sich eingestehen - schon immer gesehnt hatte. Er erschrak. Was, wenn sein neuer Chef ihn hier sähe? Betrunken im Bahnhof kauernd? Er schaute sich ängstlich um. Gott sei Dank war bis auf einen Stricher, der ihn neugierig beäugte, niemand in der Nähe. Liebrecht rappelte sich mühsam auf und wankte zum Taxistand. Der dritte Fahrer erklärte sich bereit, ihn mitzunehmen.

IX

Kubnitz parkte auf Anraten Schmöllers zweihundert Meter vor dem Reetdachhaus am Deich. Als der Motor erstarb, störte nur noch Trotzkes Grunzen die nächtliche Stille. Der Hauptkommissar lag regungslos auf der Rückbank. Kubnitz drehte sich besorgt zu ihm um. „Hoffentlich kotzt der mir nicht in den Wagen!"

„Pssst!" Schmöller legte ärgerlich den Zeigefinger auf die Lippen. Das fehlte noch, daß der Dicke aufwachte und alles verdarb. Es war allemal besser, wenn Trotzke hier aus dem Spiel blieb. Sollte der besser in aller Ruhe seinen Rausch ausschlafen. Schmöller stieg aus, schloß leise die Beifahrertür und machte Kubnitz ein Zeichen, ihm zu folgen.

„Meinen Sie, daß wir ihn einfach hier lassen können?"

„Allerdings, der Hauptkommissar wäre uns keine Hilfe " Schmöller straffte sich. Jetzt war er dran, jetzt konnte er Punkte machen. Der Hund einer Prominenten als Opfer - das gab dem Fall Würze, das würde die Journaille erst recht auf den Plan rufen. Danke, Hundemörder, daß du ausgerechnet den Köter der Schauspielerin Hedwig Zwack ausgesucht hast: Hamburger Urgestein (ihr Alter hielt sie geheim), Mutter der Nation, Königin des plattdeutschen Volkstheaters.

Der Schupo am Tor wies ihnen den Weg in den Garten. Drei Uniformierte und ein älterer Mann im Janker standen um eine Hundehütte, von Scheinwerfern in gleißendes Licht getaucht. Ein halbes Dutzend Fotografen ließ die Verschlüsse klicken.

„Mordkommission, bitte machen Sie den Weg frei." Schmöller drängte sich, gefolgt von Kubnitz, zum Tatort durch, stieg über das Absperrband und beugte sich über das Opfer. Ein riesiger Schäferhund mit weit aufgerissenem Fang, die Augen starr.

Jemand packte Schmöller an der Schulter. „Sind Sie der Chef hier?" Die runzelige Alte in der Strickjacke überragte ihn kaum, obwohl er kniete. So klein hätte er sie sich gar nicht vorgestellt. Dennoch war kein Zweifel möglich: Das war die Zwack. Er beeilte sich, aufzustehen, reichte ihr die Hand, die sie mit festem Griff packte. Ihre Finger waren eiskalt. „Guten Abend, Frau Zwack. Mein Name ist Schmöller. Ich leite die Ermittlungen. Das ist mein Kollege Kubnitz. Zuallererst möchten wir Ihnen unser Beileid aussprechen."

„Reden Sie keinen Stuß, junger Mann. Schließlich ist es nur ein Hund."

Bei der Alten war Vorsicht geboten, bei der konnte er mit seinem Charme nichts ausrichten. „Wie lange hatten Sie das Tier denn schon?"

„Weihnachten wären es zwölf Jahre gewesen. Als ich ihn bekam, spielte ich die Oma Dosenbauer im Ersten. Daran werden Sie sich nicht mehr erinnern."

„Aber natürlich", log er. „Das war ein Ereignis für die ganze Familie." Er zückte seinen Block. „Mit einem Autogramm würden Sie mir eine Riesenfreude machen."

„Papperlapapp. Kommen Sie endlich zur Sache!" Sie beäugte ihn mißtrauisch, reckte sich zu ihm empor, schnüffelte geräuschvoll. Schmöller hielt die Luft an - zu spät.

„Sie sind ja besoffen!"

„Aber nein!" Er lief rot an, spürte die Blicke der Umstehenden.

„Skandalös, mir einen besoffenen Polizisten zu schicken. Ich werde mich beschweren!" Die Schauspielerin machte kehrt.

„Aber Frau Zwack!" Schmöller eilte ihr hinterher. „Ich muß Ihnen noch einige Fragen stellen." Sie blieb nicht stehen.

„Haben Sie den Hund gefunden?"

„Allerdings", versetzte sie knapp im Gehen. „Ich kam um halb eins aus dem Theater in Rothenburg, wo ich die Mutter Courage auf niederdeutsch gespielt habe. Wollte noch mal nach dem Hund sehen. Da war er mausetot."

Sie waren am Hintereingang des Hauses angekommen. „Ist Ihnen vielleicht in letzter Zeit jemand aufgefallen, der sich besonders für den Hund interessiert hat?"

„Nein. Hier kommen viele Leute vorbei. Aber die interessieren sich nicht für den Hund, sondern für mich." Sie knallte ihm die Tür vor der Nase zu.

„Das geht aber nicht", rief Schmöller ihr hinterher, bevor er zu Kubnitz zurückkehrte, der die gewohnt teilnahmslose Miene zur Schau stellte. „Ist hier jemand, der den Hund untersucht hat?" fragte Schmöller in die peinliche Stille. „Hier", meldete sich der Mann mit dem Janker, der die ganze Zeit neben der Hundehütte gestanden hatte.

„Können Sie schon etwas sagen?"

Der Tierarzt sah ihn eine Weile prüfend an. „Der Hund wurde erwürgt, vorher vermutlich betäubt." Er zeigte auf ein paar

Fleischbrocken im Gras. „Und dann wurde ihm der Penis über der Wurzel abgetrennt - wie gehabt. Die exakte Todeszeit kann ich ihnen erst nach der Obduktion sagen. Ich schätze aber, daß er mindestens seit zwölf Stunden tot ist, vielleicht auch länger."

„Also gestern mittag." Schmöller kratzte sich am Kopf.

„Und da ist noch etwas: Im Todeskampf hat sich der Hund gelöst." Der Veterinär zeigte auf eine hellbraune Masse im Gras. „Genau da ist jemand hineingetreten - vermutlich der Täter."

Schmöller ging in die Knie. Tatsächlich: ein deutlicher Fußabdruck im Hundehaufen. Ein Schuh ohne Profil, soweit er erkennen konnte. Die erste heiße Spur!

„Ist das hier schon gesichert?"

„Wir sind dabei." Ein Beamter rührte Gips an.

„Harry, du Arsch! Dich werde ich lehren, mich im Auto einzusperren!"

Schmöller drehte sich um und sah, wie ein Schupo versuchte, Trotzke aufzuhalten. Dem Hauptkommissar standen die Haare vom Kopf ab, das Hemd hing ihm aus der Hose

„Sie können ihn durchlassen," rief Schmöller.

Der Schupo guckte ungläubig, ließ aber von Trotzke ab, der nun mit ungebremstem Vorwärtsdrang wie ein mordlustiger Keiler auf sie zustürmte. Schmöller brachte sich mit einem Sprung in Sicherheit, Trotzke verfing sich im Absperrband, taumelte und schlug neben dem Mordopfer hin - mitten in die heiße Spur.

Es kostete einige Mühe, den kotbesudelten Trotzke im Blitzlichtgewitter der Pressefotografen zurück ins Auto zu bugsieren. „Das, Freundchen, wird Konsequenzen haben", lallte Trotzke unentwegt auf der Fahrt zu seiner Wohnung in Wandsbek. Als Schmöller und Kubnitz ihn ins Bett hievten, war es viertel nach drei.

„Harry, du holst mich morgen um halb acht ab", rief er ihnen hinterher.

X

So stand Schmöller, übermüdet und entnervt, keine fünf Stunden später wieder vor Trotzkes Wohnungstür. Nach zehnminütigem Klingeln wollte er schon aufgeben, als der Hauptkommissar, in einen speckigen Bademantel gehüllt, öffnete.

„Was willst du hier?"

„Ich sollte Sie abholen."

„Dann komm' rein!"

Schmöller folgte Trotzke in die Einzimmerwohnung. Es roch nach Hundekot und schalem Bier. Bis auf einige Dosen, die auf dem Couchtisch standen, wirkte das Apartment unbewohnt. Kein Wunder, Trotzkes wahres Zuhause war ja das „Bei mir".

„Schau dich nur um. In diesem Loch muß ich hausen, seit mich meine Alte rausgeschmissen hat." Trotzke ließ den Bademantel zu Boden gleiten, sein Wanst wurde vom Unterhemd nur notdürftig in Form gehalten.

Schmöller wandte sich ab. Auf dürren Beinchen stakste Trotzke ins Bad. „Du", rief er von dort, „hast dich ja gestern ganz schön danebem benommen, Freundchen. Aber mit den Eigenmächtigkeiten ist jetzt Schluß. „Merk' dir das. So, und jetzt setz' mich erst mal über die Dinge ins Bild, die gestern hinter meinem Rücken vorgefallen sind."

Schmöller folgte der Stimme seines Herrn ins Bad, wo Trotzke wenig zielsicher sein Wasser abschlug. Schmöller erstattete Bericht, unterschlug allerdings die Meinungsverschiedenheit mit der Zwack. Als er auf die Vernichtung der vielversprechenden Spur zu sprechen kam, unterbrach sein Chef ihn grob.

„Die Reinigung bezahlst du! Hat die Spurensicherung den Abdruck fotografiert und präpariert? Ich meine vorher?"

„Das sollte gerade passieren, als Sie..."

„Schweinerei!" polterte Trotzke. „Spurensicherung geht immer vor, merk' dir das!" Er drängte sich an Schmöller vorbei. „Du mußt noch viel lernen, Bürschchen. Immer erst die Spuren sichern - capito!" Er quetschte sich in einen Rollkragenpullover undefinierbarer Farbe.

„Immerhin habe ich Proben des Hundekots sicherstellen lassen." Warum rechtfertige ich mich eigentlich? fragte sich Schmöller.

„Schöne Scheißspuren." Trotzke lachte. „Was übrigens diesen Hundeführer angeht", wechselte er abrupt das Thema, „der ist uns ja wohl kein große Hilfe."

In diesem Punkt war Schmöller mit seinem Chef einer Meinung, doch der zerstörte den Schein von Harmonie schon mit seiner nächsten Bemerkung: „Ich habe überhaupt den Eindruck, die Polizei besteht nur noch aus Trotteln wie Kubnitz oder dem Holzkopf oder abgebrochenen Akademikern, die von Tuten und Blasen keine Ahnung haben."

Die Fahrt ins Präsidium verlief schweigsam.

Dort wurden die beiden schon von Kubnitz und Arthur Sendemann erwartet, der nervös auf und ab lief und sich dabei unentwegt die Hände rieb.

„Morgen, Herr Polizeipräsident", grüßte Trotzke. „Was verschafft uns die Ehre?"

„Das fragen Sie? Wie ich befürchtet habe, hat der Hundemörder wieder zugeschlagen - ausgerechnet bei Hedwig Zwack, wie Sie ja wissen. Jetzt heißt es, in die Offensive zu gehen. Ich habe die Presse geladen. Für elf Uhr. Wie ich gehört habe", Sendemann blieb stehen, legte den Kopf schräg und fixierte Trotzke, „gab es bei den Ermittlungen am Tatort eine Panne?"

„Panne", echote Trotzke, ohne eine Miene zu verziehen. „Allerdings. Ich versichere Ihnen, Herr Präsident, daß der dafür Verantwortliche", er warf einen Seitenblick auf Schmöller, „zur Verantwortung gezogen wird." Kubnitz räusperte sich verhalten.

„Frau Zwack hat sich bei mir beschwert; ein Beamter soll eine Alkoholfahne gehabt haben."

„Einige jüngere Kollegen", wieder ein Seitenblick auf Schmöller, „nehmen es mit den dienstlichen Pflichten nicht so genau. Sie können aber sicher sein, Herr Doktor Sendemann: So etwas kommt nie wieder vor."

Schmöller knirschte mit den Zähnen.

„Nun gut, lassen wir das. Haben Sie wenigstens diesmal einen Anhaltspunkt?"

„Allerdings, den haben wir. Der Täter hat einen - leider nicht mehr vollständig zu rekonstruierenden Fußabdruck - hinterlassen. Ein schlimmer Patzer, der zeigt: Unser Mann wird nervös. Darauf deutet auch der beschleunigte Tatrhythmus hin. Zwischen den ersten beiden Verbrechen lag fast eine Woche. Jetzt hat sich der Irre nur einen Tag Pause gelassen. Es ist nur eine Frage der Zeit, bis er einen groben Schnitzer macht!"

„Wir haben aber keine Zeit, Herr Hauptkommissar! Keine Zeit, keine Zeit", wiederholte Sendemann unter beharrlichem Händereiben. „Wir brauchen einen schnellen Erfolg. Unterschätzen Sie die Lobby der Tierfreunde nicht! Ich kann es nicht dulden, daß die Hamburger Polizei in ein schlechtes Licht gerät." Sendemann eilte zur Tür. „Wir sehen uns also um elf. Sie sind selbstverständlich auch dabei, Herr Kubnitz. Ach, Herr Trotzke, es wäre schön, wenn Sie sich vorher noch rasieren würden."

XI

Bölkow und Saur beugten sich über die Aufnahmen von Rex' Leiche. „Wo ist das Foto von Hedwig Zwack, die fassungslos ihren toten Hund in den Armen hält?" wollte der Chefredakteur von seinem Reporter wissen.

„Das war nicht zu kriegen. Leider. Die Zwack ist wütend abgezogen, nachdem sie sich mit dem Assistenten von Trotzke in die Haare gekriegt hat."

„Dein Freund Trotzke? Die Mordkommission ermittelt?"

„Ja, die kümmern sich um den Fall. Der Polizeipräsident wird das", Saur sah auf seine Armbanduhr, „in eineinhalb Stunden offiziell bekanntgeben."

Bölkow schnalzte mit der Zunge. „Das ist gut, sehr gut sogar. Der Kurier hat es lange gefordert - jetzt endlich reagiert die Polizei. Aber wir brauchen noch mehr Stoff. Das ist unsere Story. Wir dürfen nicht zulassen, daß uns die Konkurrenz die Butter vom

Brot nimmt. Was gibt's sonst Neues."

„Da war noch ein kleiner Zwischenfall", gab Saur zu, der auf die Polizei ungern etwas kommen ließ. „Trotzke ist gestolpert und hat so einen Fußabdruck zerstört. Möglicherweise stammte der vom Täter."

„Hört, hört: Pleiten, Pech und Pannen bei der Hamburger Polizei - und der irre Killer mordet weiter. Das wäre doch sehr hübsch."

„Bloß nicht!" Saur schüttelte energisch den Kopf. „Denken Sie daran: Wir brauchen Trotzke noch, wenn es darum geht, an den Täter heranzukommen."

Bölkow runzelte die Stirn, klatschte dann in die Hände. „Das ist es! Nicht die Polizei, nein, wir werden den Verbrecher aufspüren. Der Hamburger Kurier und seine Leser. Das ist genial."

„Eine Stadt sucht einen Hundemörder!" rief Tornier, der kurz von seinem Computerspiel aufschaute, herüber.

„Genau, Alwin. So wird's gemacht."

„Dürfte nicht ganz einfach werden", wandte Saur ein.

„Man muß nur wollen", wischte Bölkow den Einwand zur Seite, als Gantz in die Redaktion stürmte. Ihm folgten ein Mädchen mit orange gefärbten Rastalocken und ein Schäferhund, der ein rotes Halstuch trug.

„Wer ist das, Benno?" wollte Bölkow wissen. „Wir brauchen zur Zeit keine Aushilfen."

„Das ist, äh, wie heißt du noch mal?" Gantz sah die Punke-in fragend an.

„Möhre."

„Richtig. Und die hat den Hundemörder gesehen." Gantz strahlte.

„Das ist ja sehr interessant. Setzten Sie sich doch, Fräulein Möhre. Mein Name ist Bölkow. Ich bin der Chef hier."

„Das Fräulein kannst du dir in den Arsch schieben!"

Bölkow verzog das Gesicht, blieb aber freundlich. „Können wir Ihnen vielleicht etwas anbieten?"

Möhre verlangte Dosenbier und einen Napf für den Hund. Saur

wurde beauftragt, die Sachen zu besorgen.

„Was springt für mich dabei raus?" wollte sie wissen.

„Zur Zeit ist noch keine Belohnung ausgesetzt. Aber das ist nur noch eine Frage von Stunden in einer so tierlieben Stadt. Ich weiß, daß unter anderem der Tierschutzverein eine nicht unbeträchtliche Summe bereitstellen will", log Bölkow.

Sie drehte sich eine Zigarette. „Na ja, selbst wenn es keine Kohle gibt, will ich, daß das Schwein dran glauben muß." Sie berichtete von dem „Fascho, der völlig ohne Grund" auf Sid, ihren Schäferhund, losgegangen sei. Und geschrien habe: „Ich bring' das Vieh ins Labor!"

„Labor?" wiederholte Bölkow skeptisch.

„Versuchslabor. Da werden Tiere für mörderische Experimente mißbraucht", erklärte Möhre altklug.

„Der Täter hat aber keine Hunde entführt und als Versuchskaninchen verkauft, sondern erwürgt."

„Das war der Hundemörder, ich bin mir tausendprozentig sicher", insistierte Möhre. „Du hättest seine Augen sehen sollen: voll hassig, Alter!"

Saur kam mit einer Palette Büchsenbier und einem Suppenteller herein. Möhre riß eine Dose auf und goß sie in den Teller, den Sid ruckzuck leerschlabberte.

„Das ist eine ganz windige Story, Benno." Bölkow sah Gantz böse an.

„Sie kann den Mann ganz genau beschreiben. Wir könnten ein Phantombild für die morgige Ausgabe machen lassen."

Bölkow schüttelte den Kopf. „Ich bin weiß Gott kein Bedenkenträger, aber das ist mir zu dünn. Wenn der Mann, den sie gesehen hat, nichts mit den Hundemorden zu tun und einen richtigen Anwalt hat, kriegen wir Ärger. Das können wir uns zur Zeit nicht leisten."

„Selbst wenn er es nicht war", wandte Gantz ein, „wer sagt, daß Hunde ins Labor müssen, ist ein gemeingefährlicher Tierhasser. Oder hat mächtig einen an der Waffel. Der wird uns keinen Ärger machen."

Der Chefredakteur kaute nachdenklich auf seinem Kuli. Er hatte eine Idee. „Sag mal, Gunter, dein Freund Trotzke ist doch ein skrupelloser Typ?"

„So würde ich das nicht sagen."

„Du mußt ihn herumkriegen. Mach' ihm die Geschichte mit dem Hundehasser schmackhaft. Wenn er anbeißt, sind wir aus dem Schneider und können schreiben: Die Polizei sucht diesen Mann. Die Story muß natürlich exklusiv bleiben." Er klatschte in die Hände: „Fahrt sofort zu ihm. Und vergeßt den Hund nicht " Der hob gerade am Schreibtisch von Bildungsredakteur Tornier sein Bein.

XII

„Meine sehr verehrten Damen und Herren!" Sendemann blinzelte ins grelle Scheinwerferlicht. „Meine sehr verehrten Damen und Herren! Ich, das heißt wir, die Hamburger Polizei, hat Sie heute eingeladen, weil eine Serie ungewöhnlicher Straftaten unsere schöne Hansestadt erschüttert. Insbesondere alle Tierfreunde und Hundebesitzer. Sie wissen, wovon ich rede."

Er tupfte sich mit dem Einstecktuch den Schweiß von der Stirn.

„Mittlerweile ist das dritte Opfer zu beklagen. Und obwohl die Hamburger Polizei eigentlich nicht, beziehungsweise nicht diejenigen Beamten, die sonst mit Tötungsdelikten befaßt sind, also..." Er hatte den Faden verloren.

„Also", hob er erneut an, „ich habe mich entschlossen - nach Rücksprache mit dem Innensenator - mit der Aufklärung der, ähem, Vorfälle einen unserer erfahrensten und erfolgreichsten Beamten zu betrauen: Hauptkommissar Dieter Trotzke." Er wies auf Trotzke, der zufrieden lächelte. „Ihm zur Seite steht unter anderem Polizeiobermeister Rainer Kubnitz, ein ausgewiesener Hundeexperte und gleichzeitig auch ein Opfer, beziehungsweise, ähem, ehemaliger Halter eines der Opfer."

Sendemann sah sich beifallheischend um und fuhr dann fahrig fort.

„Ich denke, unser ganz unbürokratisches Vorgehen, das ist doch

41

einmal eine gute Nachricht. Gerade in einer Zeit, in der, ähem, Nachrichten, ich möchte sogar sagen, sogenannte Nachrichten, ohne hier jemandem zu nahe treten zu wollen, sogenannte Nachrichten also über Polizeibeamte verbreitet werden, die, eben diese Beamte in ein, ja, zwielichtes, ähem, zwielichtiges Licht gerückt wurden. Haben."

Froh, den Satz beendet zu haben, lehnte sich der Polizeipräsident zurück.

„Daß die Spitze der Mordkommission einen Hundemörder sucht, ist wohl besonders für richtige Schwerverbrecher eine gute Nachricht", lästerte eine Journalistin. Ihre Kollegen kicherten.

Bevor Sendemann reagieren konnte, ergriff Trotzke die Initiative: „Sie können absolut sicher sein, daß wir unsere übrigen Pflichten nicht vernachlässigen. Außerdem darf der Hundemörder nicht unterschätzt werden. Wir haben Hinweise, die darauf hindeuten, daß er nicht nur für Tiere gefährlich ist."

Kulis flogen übers Papier, alle Objektive richteten sich auf Trotzke. Auch Sendemann starrte ihn an.

„Woher wissen Sie das?" fragte jemand. „Haben Sie einen Verdacht?"

„Wir verfolgen eine vielversprechende Spur. Bitte haben Sie Verständnis dafür, daß wir aus ermittlungstaktischen Gründen nicht mehr verraten können." Trotzke hob beschwichtigend die Hände. „Wir geben Ihnen rechtzeitig Bescheid. Ach ja, ich bin für Hinweise aus der Bevölkerung dennoch weiterhin dankbar. Schreiben Sie das!"

„Genau", schaltete sich Sendemann wieder ein. „Und ich darf Ihnen sagen, daß der Deutsche Schäferhundverein eine Belohnung von fünftausend Mark für Hinweise, die zur Ergreifung des Täters führen, ausgesetzt hat."

Nach der Pressekonferenz stellte Sendemann Trotzke zur Rede: „Daß Sie eine heiße Spur verfolgen, hätten Sie mir sagen müssen! Oder haben Sie etwa geblufft?"

„Natürlich nicht. Mein Riecher sagt mir, daß wir den Psychopathen bald habe." Trotzke faßte sich an die rote Knolle zwischen seinen Augen. „Und in der Regel kann ich mich auf meinen Riecher verlassen. Mehr möchte und kann ich Ihnen jetzt noch nicht sagen."

Schmöller zweifelte keine Sekunde daran, daß sein Chef nichts, aber auch gar nichts in der Hand hatte. Den Holzkopf hatte er allerdings schön geleimt, das mußte der Neid ihm lassen. Jedenfalls gab sich Sendemann mit den wirren Andeutungen zufrieden und zog ab, nicht ohne noch einmal auf eine „schnelle Lösung des Falles" zu drängen.

„Woraus schließen Sie eigentlich, daß der Täter auch für Menschen gefährlich werden kann, Herr Hauptkommissar?" wollte Kubnitz wissen.

„Aus gar nichts." Trotzke grinste. „Aber man muß der Presse Futter geben. Merken Sie sich das für die Zukunft. Und außerdem", er strich sich über den Wanst, „mußte ja gerechtfertigt werden, warum sich ein Dieter Trotzke überhaupt mit dämlichen Hundemorden befaßt." Äußerst zufrieden mit sich selbst schritt er in Richtung Büro voran.

Dort warteten Gantz und Möhre mit Sid, dem Schäferhund. Saur nahm Trotzke zur Seite, woraufhin der Hauptkommissar anordnete, die Besprechung an einen „neutralen Ort" zu verlegen.

Im „Bei mir" orderte Trotzke zwei Frikadellen, Pils und Schlüpferstürmer. Möhre und Sid bestanden auf das mitgebrachte Dosenbier, was der Wirt nach kurzer Diskussion mit dem Hauptkommissar auch erlaubte. Der Rest der Gruppe bestellte Kaffee. Schmöller sah mit Mißfallen, daß der ballonseidene Attentäter von gestern schon wieder am Tresen saß. Er schien sich an nichts zu erinnern.

„Also", sagte Trotzke zu Möhre gewandt, „dieser Kerl hat deinen Köter bedroht, wollte ihn mit bloßen Händen erwürgen?"

Möhre nickte. „So ungefähr."

„Und dafür gibt es noch weitere Zeugen?"

„Ja, Amok und Ratte, Catweezle und Horsti."

„Schmöller, notieren Sie mal die Klarnamen und Anschriften von diesen Leuten."

„Wir wohnen alle im Bunker Mistralstraße."

„Tja", Trotzke versuchte, beim Essen zu sprechen. Das hatte für Saur, dem er sich jetzt zuwandte, unangenehme Folgen. „Könnte ja nicht schaden, sich mit diesem Kerl mal zu unterhalten. Selbst wenn er nicht der Täter ist, bringt's Bewegung in die Sache."

„Aber das kann man doch nicht machen!" wagte Schmöller einzuwenden.

„Du hältst dich geschlossen!" raunzte Trotzke. „Das ist übrigens mein Auszubildender. Mein Stift." Er deutete auf den schwer atmenden Schmöller. „Also, du", er zeigte auf Möhre, „wirst jetzt unserem Zeichner helfen, ein Phantombild von diesem Mann zu entwerfen. Und ihr", er blinzelte Saur zu, „könnt dann schreiben, daß wir diesen Mann im Zusammenhang mit den Hundemorden suchen. Als Zeugen natürlich. Schmöller, Sie begleiten die junge Dame und danach recherchieren Sie mal, ob es schon vergleichbare Fälle von Tiermißhandlungen gegeben hat. Ihren umfassenden Bericht erwarte ich bis zwanzig Uhr. Und wenn ich umfassend sage, dann meine ich umfassend. Ich werde mir hier derweil einige Gedanken über den Fall machen. Kubnitz, Sie helfen mir in Ihrer Eigenschaft als", er stieß mächtig auf, „Hundeexperte."

XIII

Schmöller kehrte mit Saur, Gantz, Möhre und Sid ins Präsidium zurück. Die Punkerin erwies sich beim Polizeizeichner als dankbare Zeugin. Innerhalb einer Dreiviertelstunde entstand das Phantombild eines Mannes um die dreißig, mit lockigen kurzen Haaren, ebenmäßigen Gesichtszügen und auffallend grünen Augen. „Ich hab' nen Blick für so was, wollte früher mal Kunst studieren", sagte Möhre. Nachdem Sid noch sein Revier markiert hatte, verließen Presse und Zeugin das Präsidium, Saur mit einer Kopie des Phantombildes in der Tasche.

Schmöller telefonierte einige Male, begann daraufhin eine Odyssee durch mehrere Abteilungen, setzte sich schließlich mit einem Berg Papier an Trotzkes Schreibtisch. Der Platz steht sowieso mir zu, dachte er befriedigt. Er nahm sein Notizbuch und einen Bleistift zur Hand und schrieb:

1. Opfer: „Harras", Sprengstoffspürhund (6 Jahre alt), aufgefunden vor seinem Zwinger in Hamburg-Harburg, Ortsteil Sinstorf, am Dienstag, 12.11., gegen 0 Uhr von seinem Herrchen Rainer Kubnitz. Todeszeit laut Kubnitz und Obduktionsbericht, Montag, 11.11., zwischen 21 und 23 Uhr. Zeugen: keine. Spuren: keine.

2. Opfer: Panther I, „Luxushund" (ein Jahr alt), aufgefunden am Rande des Grundstücks der Familie Petersen in Hamburg-Duvenstedt am Sonntag, den 17.11., gegen 13.30 Uhr. Todeszeit laut Aussage von Ingrid Petersen und Obduktionsbericht: Sonntag, 17.11., zwischen 11.30 und 13.00 Uhr. Zeugen: keine. Spuren: keine.

3. Opfer. Rex, Haus- und Hofhund (12 Jahre), aufgefunden am Dienstag, 19.11., gegen 00.30 Uhr neben seiner Hundehütte auf dem Anwesen von Hedwig Zwack in Hamburg-Ochsenwerder. Todeszeit lt. Obduktionsbericht: Montag, 18.11., zwischen 12 und 14 Uhr. Zeugen: keine. Spuren: Fußabdruck (unbrauchbar).

Schmöller legte den Stift beiseite. Einen vergleichbaren Fall hatte es noch nicht gegeben. Was trieb den Täter dazu, Schäferhunde zu erwürgen und ihnen die Schwänze abzuscheiden? Gab es einen Zusammenharg zwischen den Opfern oder suchte er sie wahllos aus? Gab es außer der Tatsache, daß die getöteten Tiere Schäferhunde waren, eine Gemeinsamkeit? Irgend etwas, das er übersehen hatte? Schmöller kam nicht weiter. Er ließ erschöpft den Kopf auf die Schreibtischplatte sinken.

Der Nebel war so dicht, daß er kaum die Hand vor Augen sah. Es roch durchdringend nach Moder. Vorsichtig tastete er sich voran, sank bei jedem Schritt tief ein. Angst überwältigte ihn, sein Herz raste. Er hetzte vorwärts, prallte mit dem Knie hart gegen ein Hindernis, das nachgab, umfaßte es mit beiden Armen und stürzte damit zu Boden. Für einen Augenblick riß der Nebel auf: Er hielt ein Kreuz umfaßt. Überall Grabsteine, vermoderte Kreuze, eingesunkene Gräber. Er sprang auf. Rannte kreuz und quer über den Friedhof, der kein Ende nehmen wollte. Verfing sich in Gestrüpp und fauligen Kränzen. Dann sah er in der Ferne Licht, hielt darauf zu, stoppte abrupt, als er direkt vor sich einen Hügel mit vier Galgen erkannte. An drei Stricken baumelten Körper. Es waren Schäferhunde. Ihre blauen Zungen hingen weit aus den Mäulern, noch länger, fast bis zum Boden, reichten ihre dürren, langen Pimmel. Entsetzt machte er kehrt - und rammte ein weiches Hindernis. „Da bist du ja, Freundchen!" „Sie?" „Ja, Schmöller. Ich." Trotzke trug eine blutbesudelte Schürze und hielt eine wohl einen Meter lange Schere in der Hand, die er aufschnappen ließ. „Ich habe diese dummen Köter ihrer gerechten Strafe zugeführt. Gleich werde ich sie kastrieren. Genau wie dich." Er lachte schaurig und rollte seine blutunterlaufenen Augen. Schmöllers Mund öffnete sich für einen Schrei, doch er konnte keinen Ton herausbringen. Trotzke packte ihn wie ein Karnickel im Nacken, trug ihn unter den Galgen. Flink ordnete er fünf Bierflaschen im Kreis an, legte ein Brett darüber, hob ihn darauf und zog die Schlinge zu. Schmöllers Knie schlotterten, die Bierflaschen wackelten. Mit einem Ruck öffnete Trotzke seinen Hosenlatz. „Du Ferkel trägst ja keine Unterhose! Höre, Bürschchen, jetzt hat dein letztes Stündlein hat geschlagen!" Von irgendwoher war das Läuten einer Glocke zu hören. Schmöllers Herz raste, seine Zähne klapperten. Flehend sah er seinen Henker an, der ohne Erbarmen gegen die Flaschen trat.

Schmöller knallte gegen die Schreibtischlampe. Er griff zum Hals und dann zwischen die Beine. Er hatte sich naß gemacht! Die Glocke läutete penetrant weiter. Schmöller nahm den Hörer ab. „Heute hau'n wir auf die Pauke", tönte es aus der Muschel. Dann ein Stimme im Vordergrund: „Hier Bei Mir, Fettkötter am Apparat. Sie sollen rüberkommen, sagt der Kommissar." Benommen tauchte Schmöller aus dem Alp, säuberte sich auf der Toilette, klemmte seine Papiere unter den Arm und eilte nach gegenüber. Es war halb neun.

„Harry, du siehst ja schrecklich aus! So ist das, wenn man mal richtig arbeiten muß." Trotzke wandte sich beifallheischend an

Kubnitz, der aus glasigen Augen blickte.

„Eigentlich störst du, Harry. Berger und ich..."

„Kubnitz, nicht Berger." Kubnitz lallte.

„Schnauze, Berger! Also, der Berger und ich, wir haben uns wunderbar unterhalten. Über die Weiber. Uns beide haben nämlich die Weiber verlassen."

„Meine Frau ist aber im Himmel."

„Uns beide." Trotzke legte den Arm um Kubnitz. „Aber Berger hatte es besser als ich. Ihm blieb der Köter."

„Du sollst nicht Köter sagen!"

„Schnauze, Berger! Also der Köter, der Harras, der blieb ihm. Hunde enttäuschen einen nämlich nicht, sagt Berger."

Kubnitz sah so aus, als würde er gleich in Tränen ausbrechen.

„Bis dann, bis dann", Trotzke drosch auf den Tisch, und ließ die Flaschen tanzen, „bis dann der perverse Mörder und Kastrierer kam und der Freundschaft ein jähes Ende bereitete." Er hob die Hand. „Manni, drei Bier und Schlüpferstürmer!"

Schmöller blätterte in seinen Papieren.

„Na, steht da drin, wer der Mörder ist, ha?" Trotzke fuchtelte mit seinen Wurstfingern vor Schmöllers Nase herum.

Der entschied sich, die unglaublichen Ausfälle seines Chefs zu ignorieren. Sollte doch alles im Chaos enden - er würde Sieger bleiben. „Also, bis jetzt wissen wir über den Täter leider nur wenig."

„Da haben wir's", schwallte Kubnitz dazwischen.

Schmöller sah ihn scharf an.

„Jedenfalls gab es, das habe ich recherchiert, keinen vergleichbaren Fall. Wohl Hundesmißhandlungen aller Art. Zum Beispiel hat vor kurzem ein Halter in Uelzen seinen Mischlingshund angezündet. Solche Delikte gab es häufiger, alles Einzelfälle. Täter und Hundehalter waren übrigens meist identisch. Der einzige Fall, der unserem entfernt nahekommt, ist der des Pferdeschlitzers. Er hat in der Lüneburger Heide Dutzende Stuten mit einer selbstgebauten Lanze übel zugerichtet und sitzt zur Zeit in Haft." Schmöller gönnte sich einen Schluck Bier. „Kurzum, bei den Hundemorden haben wir haben es mit einer noch nie dagewesenen Serie zu tun.

Das heißt, wir müssen uns allein an den vorliegenden Fakten orientieren. Daraus lassen sich immerhin einige Schlüsse ableiten."

„Welche denn?" In Kubnitz' Stimme lag ein gemeiner Unterton. Der schlechte Einfluß von Trotzke, dachte Schmöller, er zieht alle in den Sumpf. „Unser Mann ist ohne Zweifel schwer gestört. Das kann er aber gut verbergen. Er geht äußerst zielstrebig und geschickt vor. Späht seine Opfer aus, wählt dann einen günstigen Zeitpunkt und schlägt zu. Er kennt sich in der Stadt gut aus, wohnt wahrscheinlich auch hier. Da er ganz unterschiedlichen Zeitpunkten aktiv wird, ist er vermutlich arbeitslos oder arbeitet in Schichten. Und vermutlich kennt er sich gut aus mit Hunden."

„Muß nicht, muß nicht", rief wiederum Kubnitz, vom Alkohol offenbar völlig enthemmt. „Auf die Idee mit dem präparierten Fleisch hätte jeder kommen können. Jeder."

Schmöller ließ sich nicht aus dem Konzept bringen.

„Schnippschnapp, Schwanz ab!" meldete sich Trotzke zu Wort, machte mit Zeige- und Mittelfinger eine Schere nach, was Schmöller unangenehm berührte. „Da könnten auch Lesben dahinter stecken. Die hassen alles Männliche. Du überprüfst das morgen, Harry. Nein, jetzt gleich."

„Unsere einzige Spur", fuhr Schmöller fort, „ist jedenfalls die Kotspur. Die leider", er bemühte sich dem stieren Blick Trotzkes standzuhalten, „leider fast völlig zerstört wurde. Andernfalls wären wir viel weiter. Schuhgröße, Größe, Gewicht, Statur des Tä..."

„Ach was," fuhr Trotzke dazwischen, der offenkundig nicht daran interessiert war, daß dieser Punkt weiter ausgewalzt wurde. „Ich wette, die Kacke vom ermordeten Köter ist noch an den Schuhen des Täters. Wenn wir die finden, haben wir ihn - ganz einfach."

Schmöller kapitulierte. Zermürbt ließ er sich zurücksinken. „Ein bißchen Spaß muß sein, dann ist die Welt voll Sonnenschein", tönte es aus der Musikbox. Kubnitz klatschte mit.

Trotzke beugte sich zu Schmöller und hüllte ihn in eine gewaltige Fahne. „Schwaches Bild, Harry. Du bist eben doch noch ein blutiger Anfänger. Aber Schwamm drüber, ich hab's im Urin, daß

mit der Zeitungsaktion mächtig was ins Rollen kommen wird."
Damit lag er goldrichtig.

XIV

Der Wecker klingelte um halb acht. Benommen tastete Liebrecht
nach der Stopptaste. Nichts wie zurück ins Kissen. Er hatte nur ein
paar Stunden geschlafen. Aber genau das war ein Zeichen der
Besserung, erkannte er noch im Halbschlummer. Denn zum
ersten Mal seit Monaten war er nüchtern zu Bett gegangen, daran
war sein Organismus noch gewöhnt. Er streckte sich. Jetzt fing ein
neues Leben an. Ein Leben mit Sinn, mit Arbeit und neuen
Gewohnheiten. Deshalb auch das Aufstehen zu nachtschlafender
Zeit: Es hieß, sich auf einen geordneten Tagesablauf einzustellen,
bevor der Ernst des Lebens an seinem neuen Arbeitsplatz in der
Versicherung begann.

Er sprang aus dem Bett und machte ein paar Kniebeugen vor
dem geöffneten Fenster, dabei fiel sein Blick auf die Bierflaschen,
die überall herumlagen. Mit der Sauferei war ab sofort Schluß.
Heute würde er zuallererst das Leergut wegbringen und in der
Wohnung klar Schiff machen. Bei diesem Gedanken fiel ihm
seine Mutter ein. Ja, und er würde seine Eltern in Rothenburg
anrufen und sie mit der guten Nachricht vom neuen Job überra-
schen. Am besten fuhr er einfach so bei ihnen vorbei. Von wegen
brotloses Studium. Und auch mit seinen alten Kumpels, bei denen
er sich seit einem halben Jahr nicht mehr gemeldet hatte, könnte
er sich mal wieder treffen. Aber auf keinen Fall in der Kneipe!

Nach einer Katzenwäsche schlüpfte er in Jeans und Pullover,
warf die Lederjacke über und machte sich pfeifend auf dem Weg
zum Bäcker. Im Hof sah er die Seibold. Heute war sie vollständig
angezogen. Sie trug einen marineblauen Mantel und einen violet-
ten Hut; Dieter hatte ein violettes Leibchen an. Aufgeräumt
wünschte Liebrecht ihr „einen wunderschönen guten Morgen",
was sie jedoch ignorierte. Sie schaute ihn finster, ja, fast ängstlich
an, um dann wortlos, den jaulenden Spitz hinter sich herziehend,
im Laufschritt auf die Straße zu eilen.

Was war mit der? Vielleicht hatte er sie vorgestern tatsächlich erschreckt. Ich werde mich bei ihr entschuldigen, nahm er sich generös vor: Was kostet die Welt.

Seine ausgezeichnete Stimmung hielt noch genau eine Minute und achtzehn Sekunden an, so lange, bis er beim Bäcker einen Blick auf den dort ausliegenden Hamburger Kurier warf.

HUNDEMÖRDER SCHLÄGT ZUM 3. MAL ZU
IST DAS DER KILLER?

lautete die Schlagzeile über der farbigen Zeichnung eines Mannes. Dieser Mann sah ihm ähnlich. Verblüffend ähnlich. Es überlief ihn heiß und kalt. Zitternd raffte er seine Brötchen und die Zeitung zusammen, hetzte aus dem Laden, ohne auf das Wechselgeld zu warten. Hinter seiner Wohnungstür sank er zusammen und las:

KURIER exklusiv: Der Hundemörder hat zum dritten Mal zugeschlagen. Am Mittwoch in den frühen Morgenstunden fand Hamburgs berühmteste Schauspielerin Hedwig Zwack ihren treuen Schäferhund Rex erwürgt vor seiner Hundehütte im Garten ihres Hauses in Ochsenwerder. Wie seine beiden anderen Opfer hat der irre Killer auch Rex kastriert. „Gräßlich", sagte Frau Zwack zum KURIER. „Mein Hund hat mich zehn Jahre begleitet. Ich hoffe, der Verbrecher wird bald gefaßt."
Die Schäferhund-Morde rütteln mittlerweile auch Hamburgs Polizeiführung auf. Gestern hat Polizeipräsident Arthur Sendemann (51) einen der erfahrensten Kriminalisten mit dem Fall betraut: Hauptkommissar Dieter Trotzke (47). Der Ermittler verfolgt schon eine heiße Spur. Im Zusammenhang mit den Verbrechen sucht er diesen Mann (Foto). Als „Zeugen", wie Trotzke gestern offiziell verlauten ließ. Der Unbekannte ist vermutlich zwischen 28 und 35 Jahre alt, hat brünettes, kurz geschnittenes gelocktes Haar. Er ist um die 1,80 Meter groß, schlank und glattrasiert, kleidet sich elegant. Auffälliges Merkmal: seine grünen Augen. Vermutlich wohnt oder arbeitet er auf St. Pauli oder in Eimsbüttel. Lesen sie weiter auf Seite 5

Liebrecht blätterte hektisch um. Wieder starrte ihn die Zeichnung an, umrahmt von den drei ermordeten Hunden samt Herrchen beziehungsweise Frauchen. Daneben ein Porträt eines Mannes mit schwammigen Gesichtszügen, darunter stand: *Hauptkommissar Dieter Trotzke jagt den irren Hundekiller.*

HUNDEMORDE: GANZ HAMBURG SUCHT DIESEN MANN

Hauptkommissar Dieter Trotzke wollte die Katze gestern noch nicht aus dem Sack lassen, sprach nur von einer „heißen Spur" bei der Suche nach dem Hundemörder. Der KURIER recherchierte weiter und ist jetzt exklusiv im Besitz einer Phantomzeichnung (s.o.) „eines wichtigen Zeugen", den die Polizei im Zusammenhang mit der Serie grauenhafter Verbrechen sucht.

Ist der Lockenkopf mit den katzengrünen Augen die Bestie, die schon drei Deutsche Schäferhunde auf dem Gewissen hat? Ein Irrer im feinen Zwirn, der seine Finger schon nach dem nächsten Opfer ausstreckt? Der Meuchelmörder, der sich nicht mehr lange mit Hunden zufrieden gibt?

Das wollte Chefermittler Trotzke „aus ermittlungstaktischen Gründen" noch nicht bestätigen. Der KURIER erfuhr allerdings, daß der Hinweis auf den geheimnisvollen Unbekannten von einer jungen Hamburger Tierfreundin stammt, die einen Angriff dieses Mannes auf ihren Schäferhund in letzter Minute abwenden konnte.

Die Polizei fordert den Unbekannten dringend auf, sich zu melden und setzt gleichzeitig auf die Mithilfe von KURIER-Lesern. Wer weiß, wo sich der Gesuchte aufhält, sollte sich bei der Soko-Hundemörder melden. Für Hinweise, die zur Aufklärung des Verbrechens führen, hat der Deutsche Schäferhundverein 5000 Mark Belohnung ausgesetzt.

Das konnte doch nicht wahr sein. Liebrecht glitt die Zeitung aus der Hand. Wahnsinn. Wie kamen die nur auf ihn? Hatte etwa Moni, seine Ex-Freundin...? Quatsch! Auf alle Fälle mußte er diesen Unsinn so schnell wie möglich richtigstellen. Exklusiv hieß ja wohl, daß nur der Kurier die Ente in die Welt gesetzt hatte. Am besten wäre es, jetzt gleich bei der Polizei anzurufen. Zitternd nahm er den Hörer ab.

Halt! Womöglich riß er sich so noch weiter rein. Schließlich konnte niemand von ihm verlangen, daß er dieses Schmierblatt las. Wütend zerknüllte er die Zeitung. Ganz ruhig! Jetzt hieß es nachzudenken. Hatte er überhaupt Alibis für die Tatzeiten? Vermutlich nicht. Seit Moni weg war, hatte er fast immer zu Hause gehockt und - statt an seiner Promotion zu arbeiten - gesoffen. Mist, Mist, Mist! Er konnte keinen klaren Gedanken fassen. Er kramte seine verstaubte Sonnenbrille hervor, klappte den Kragen seiner Jacke hoch und eilte zum Türken gegenüber - garantiert kein Kurierleser. Mit einer Plastiktüte unter dem Arm kehrte er zurück. Er riß eine Dose auf und schluckte gierig. Nach dem ersten halben Liter ließ das Zittern nach.

XV

Als Schmöller um kurz nach neun im Präsidium ankam, dachte er zunächst an eine Demonstration. Die Eingangshalle war voller Menschen, fast alle hatten Hunde dabei, die an den Leinen zerrten und sich aus vollen Kehlen Gehör verschafften. Am liebsten wären sie übereinander hergefallen, um ihr Revier zu verteidigen oder zu kopulieren. Es roch durchdringend nach Fell.

Schmöller schwante Schlimmes. Mühsam drängelte er sich zum Pförtner durch: „Ist das hier angemeldet?"

„Die wollen sich alle die Belohnung verdienen."

Er nahm die Treppe in den dritten Stock, wo gerade der Polizeipräsident Trotzkes Büro verließ und in den Raum zurückrief: „Ich bestehe darauf, daß Sie mich das nächste Mal im Vorwege von solchen Aktionen unterrichten! Im Vorwege. Ich bestehe darauf!"

Sendemann knallte die Tür zu. Schmöller öffnete sie wieder und bekam gerade noch den Abschiedsgruß für den Polizeipräsidenten mit: Trotzkes hinter die Ohren gelegten Hände und seine stark belegte Zunge.

Der Hauptkommissar rollte seinen Lappen wieder ein. „Da sind Sie ja endlich, Schmöller! Es gibt viel zu tun. Sie werden zusammen mit Berger, äh, Kubnitz und noch zwei Kollegen die Aussagen der Leute aufnehmen, die sich auf den Aufruf hin gemeldet haben. Die vielversprechenden Zeugen schickt ihr sofort zu mir!" Der Auftrag erwies sich als schwierig. Schmöller und seine Mitstreiter hatten alle Hände voll zu tun, die Hunde zu bändigen, die von deren Herrchen und Frauchen mitgebracht worden waren, weil sie sie aus Angst vor dem Hundemörder nicht aus den Augen lassen wollten. Vom Rehpinscher bis zur Dänischen Dogge war fast jede Rasse vertreter, Schäferhunde waren merkwürdigerweise kaum dabei. Aus den vier nebeneinander liegenden Vernehmungsräumen drang eine Kakophonie aus Jaulen, Knurren, Fiepen und Kläffen.

Schmöllers Laune sank sofort auf den Nullpunkt, als der Pudel der ersten Zeugin mitten im Raum seinen Darm leerte. „Durchfall!" erkannte die Besitzerin, eine sonnenstudiogebräunte Verkäuferin. „Da haben Sie's!" Zur Sache konnte sie nichts beitragen, sie wollte sich über ihren Nachbarn, einen griechischen Wirt beschweren, der ihren Pudel mit Giros vergifte. „Ich sage ihm immer: Putzi bekommt Koliken davon, aber er füttert ihn immer wieder mit dem fettigen Zeug. Sie sehen ja selbst, wohin das führt."

Ähnlich unergiebig ging es weiter. Ein älterer Herr, der in Begleitung eines durchgebogenen Dackels erschien, war „hundertprozentig sicher", den Hundemörder anhand des Phantombilds erkannt zu haben. Auf Nachfrage stellte sich allerdings heraus, daß der vermeintliche Täter, ein kahler Bäcker aus Barmbek, nicht die geringste Ähnlichkeit mit der veröffentlichten Beschreibung aufwies.

Gegen zwölf wurde ein Greis in Nadelstreifenanzug und Holzschuhen, allerdings ohne Hund, vorstellig. Er bezichtigte sich selbst als Täter: „Ich habe die Hunde erstochen. Alle vierzehn." Er schloß die Augen und streckte beide Hände vor, in der Erwartung, Handschellen angelegt zu bekommen.

Nach der Mittagspause stand dann eine dralle Dame mit violettem Hut und knurrendem Spitz vor Schmöllers Schreibtisch. „Isch kenn' den Hundemöddä. Mein Nachbar Florian Liebräsch isses", kam sie ohne Umschweife zur Sache.

„So, so. Und woher wissen Sie das, Frau...?"

„Seibold, Rita Seibold. Des Bild im Kurier, des issä, hunnetprozentisch."

Schmöller ließ sich eine Beschreibung geben. Sie paßte.

„Eine Sach stimmt allädings net, die innä Zeitung steht. Der Liebrascht laft net immä elägant rum, im Geschäteil, ehä wien Hippie. Ledäjacke, Jeans, unrasiert. Nur vorvorgästän da ware' ganz schick mit Anzug, Trenschkot un alle Schikane."

Schmöller überlegte: Diese Beobachtung stimmte mit der Aussage von Möhre, der Punkerin, überein, die den Mann in „Yuppie-Klamotten" ebenfalls am Montag beobachtet hatte. Das hatte nicht in der Zeitung gestanden. Er fixierte die Zeugin. „Frau Seibold, Sie behaupten, daß Ihr Nachbar, dieser Herr Liebrecht, der Täter ist. Wieso sind Sie sich da eigentlich so sicher? Wir suchen den Mann ja nur als Zeugen."

„Er isses. Er is der Väbreschä. Er hat nämlisch aach dän Diedä bedroht. Isch schneid ihm die..." Sie nestelte an ihrem Hut. „Isch schneid ihm die... Sie wisse schon, ab. Des haddä gesaacht. Wötlisch"

Schmöller betrachtete Dieter, der die Vorderpfoten auf seinen Stuhl gelegt hatte und sein Hinterteil rhythmische bewegte. „Aber Ihr - Dieter - ist doch gar kein Schäferhund..."

„Des hat der Liebräscht aach gesaacht, der Väbreschä. Normalerweis, haddä gesaacht, bring isch nur Schefähundä um. Awwä dän Diedä kastrier' isch trotzdäm. Des haddä gesaacht. Wötlisch."

„Könnte ja ein Scherz gewesen sein."

„Scherz, nie im Lebbä! Sie häddä sei Auge sehe solle, der irre Blick. Des war kaa Scherz, des war blutischä Änst!"

Hauptkommissar Trotzke war von der Aussage der Seibold außerordentlich angetan und ordnete umgehend einen Besuch beim Verdächtigen an. Dieter und die Zeugin fuhren im Taxi mit. Sie bestand darauf, ein paar Häuser vor dem Ziel auszusteigen. Trotzke machte Schmöller auf ein Graffito an einer Wand aufmerksam. „Hunde totmachen" stand dort in kindlicher Schrift. Mehr nicht. „Sehen Sie mal, da hat unser Mann schon seine Handschrift hinterlassen."

Drei Minuten später standen die beiden vor Liebrechts Tür, die sich nach mehrmaligem Klingeln einen Spalt breit öffnete. Eine Bierfahne schlug ihnen entgegen.

„Kriminalpolizei, wir hätten da ein paar Fragen an Sie." Trotzke hatte einen Fuß schon in der Tür, was aber nicht nötig war, da Liebrecht bereitwillig öffnete. „Gut, daß Sie da sind. Sehr gut, daß Sie da sind. Jetzt können wir das Mißverständnis aufklären."

Er roch streng. Angstschweiß, dachte Schmöller.

Trotzke riß im Flur ein halbes Dutzend leere Bierflaschen um. Sein Blick fiel auf den zerknüllten Kurier. Er kickte dagegen. „Sie sind also schon im Bilde. Warum haben Sie sich denn noch nicht mit uns in Verbindung gesetzt?"

„Das wollte ich ja." Liebrecht rang die Hände. „Eben gerade wollte ich anrufen. Aber da sind Sie ja schon. Sie sind mir zuvorgekommen."

Er ging rückwärts; Trotzke drängte ihn mit seiner Wampe durch den Flur. „Das trifft sich ja wunderbar. Jetzt setzen wir beide uns schön hin und unterhalten uns in aller Ruhe. Mein Assistent schaut sich derweil ein wenig bei Ihnen um. Natürlich nur, wenn Sie nichts dagegen haben."

„Also eigentlich, ich wüßte eigentlich nicht warum", versuchte Liebrecht einen lahmen Protest.

„Aber, aber, Sie haben doch nichts zu verbergen." Trotzke hatte den Verschreckten in die Küche gedrängt, wo er auf einem Stuhl zusammensank. „Oder liegen bei Ihnen tote Hunde unter dem Bett?" Er lachte schallend und gab Schmöller einen Wink.

Der fing im Raum gegenüber mit der Suche an. Ein Wohn- und Arbeitszimmer, das Schmöller an seine eigene Studentenzeit erinnerte. Bücherregale aus Kiefernholz, hauptsächlich psychologische Werke; ein durchgesessenes Sofa; ein runder Beistelltisch; ein Schreibtisch, darauf ein Computer aus der Frühzeit der Datenverarbeitung; ein paar vertrocknete Pflanzen; über allem eine Staubschicht, außer auf den Bierflaschen, die überall herumlagen. Ziemlich unverfroren, den Liebrecht so zu überrumpeln, dachte er. Einen richterlichen Durchsuchungsbeschluß hätten sie wegen des Verdachts auf Sachbeschädigung und Verstoßes gegen das

Tierschutzgesetz nie und nimmer bekommen. Schmöller betrachtete zwei Drucke, die über dem Schreibtisch hingen: einer zeigte Marx, der andere Freud.

„Sie sind also Psychologe", war Trotzkes Baß aus der Küche zu vernehmen. Es klang so, als hätte er gesagt: „Sie haben also Fleckfieber."

Liebrechts Antwort konnte Schmöller nicht verstehen. Er nahm sich das winzige Schlafzimmer vor. Ein Doppelbett, ebenfalls aus Kiefer, ein großer altmodischer Fernseher; den Kleiderschrank ersetzte eine Stange, die an zwei in der Decke angedübelten Ketten befestigt war. Dort hingen neben einer Jeans, zwei Lederjacken und einem Dutzend Hemden ein zerknitterter, aber augenscheinlich neuer Anzug und ein Trenchcoat. Er durchsuchte die Taschen. Im Sakko fand er einen Schließfachschlüssel, den er einsteckte. In einer Ecke lagen Schuhe ungeordnet auf einem Haufen. Sportschuhe, ein Paar Cowboystiefel, ein Paar neue Halbschuhe. Er ging auf die Knie und schnüffelte an jedem einzelnen, konnte aber nichts Verdächtiges riechen. Danach inspizierte er das Bad. Im Spiegelschrank mehrere leere Packungen Alka Seltzer und Aspirin, aber kein Schlaf- oder Beruhigungsmittel. Er wühlte den Wäschekorb durch, fand nichts Verdächtiges und kehrte in die Küche zurück.

„Wie steht es denn mit Ihren Alibis?" herrschte Trotzke Liebrecht gerade an.

„Hab' ich nicht", gab der prompt zurück.

„Na, die Antwort kommt ja wie aus der Pistole geschossen." Trotzke hob seinen Zeigefinger. „Dabei können Sie die Zeitpunkte der einzelnen Taten ja gar nicht kennen. Außer natürlich", er stupste Liebrecht, dem Schweißperlen auf der Stirn standen, „Sie sind der Mörder."

„Nein, nein. Ich meine, ich habe praktisch für das ganze letzte halbe Jahr kein Alibi, weil ich fast immer hier allein zu Hause war."

„Das ist ja traurig. Haben wir denn keine Freundin und keine Arbeit?"

Liebrecht schüttelte den Kopf. „Ich habe an meiner Promotion gearbeitet." Er mußte an das leere Blatt Papier denken, vor dem er nächtelang gesessen hatte. „Und demnächst fange ich bei einer Versicherung an. Deswegen ist mir dieser Verdacht ja so unangenehm."

„Dazu sind wir ja da, den auszuräumen", log Trotzke. Liebrecht versuchte erfolglos, sich eine Zigarette zu drehen.

„Los, Schmöller, helfen Sie ihm doch mal."

Liebrecht ließ sich von Schmöller den Tabaksbeutel aus der Hand nehmen. Der Inspektor rollte flink eine trichterförmige Zigarette, die Liebrecht dankbar entgegennahm.

Trotzke strich sich über den Bauch. „Ich könnte jetzt ein Bierchen vertragen. Wie sieht's mit Ihnen aus?"

Liebrecht ging wortlos zum Kühlschrank und holte zwei Dosen heraus.

„Wunderbar!" Trotzke war ehrlich erfreut. „Am besten wir machen es uns drüber gemütlich." Schon hatte er Liebrecht aus dem Zimmer gedrängt.

Schmöller nahm die Küche unter die Lupe und sammelte alle größeren Messer in einer Plastiktüte ein. Die meisten mußte er aus dem Berg dreckigen Geschirrs fischen. In der Speisekammer schreckte er eine Kakerlake auf, die sich blitzschnell in eine Ritze flüchtete. In einer Werkzeugkiste fand er einen Bowdenzug für eine Fahrradgangschaltung, den er ebenfalls in die Plastiktüte steckte. Er machte sich auf die Suche nach Trotzke und Liebrecht, die beide auf dem Bett saßen. Der Hauptkommissar lag schon fast, die Bierdose fest in der Pranke.

„Ich kann's ja verstehen", nuschelte er. „Ein junger Mann, wie Sie, noch dazu Akademiker, findet einfach keinen Job. Dann rennt auch noch die Freundin weg - Frauen sind einfach niederträchtig, ich spreche da aus eigener Erfahrung. Kein Wunder, daß man da aggressiv wird, sich irgendwo abreagieren muß. Warum nicht ein paar doofe Köter um die Ecke bringen? Unter uns, Liebrecht, ich kann die Viecher auch nicht ausstehen. Du bist halt ein bißchen weit gegangen. Aber keine Angst, wenn du alles brav zugibst, kommst du mit Bewährung weg. Außerdem gibt's da ja noch den Paragraphen einundzwanzig im Strafgesetzbuch, verminderte

Schuldfähigkeit, du kennst das ja als Psychologe."

Liebrecht fuhr hoch. „Nein, nein, nein! Das stimmt alles nicht. Ich hab' keine Hunde umgebracht. Ich bin kein Psychopath."

„Haben Sie noch andere Räume, einen Boden oder Keller?" wollte Schmöller wissen.

Liebrecht schüttelte den Kopf. „Den Boden hat der Vermieter vor Jahren ausgebaut. Für seine Tochter."

„Und was ist das für ein Schließfachschlüssel?"

Liebrecht starrte eine Weile auf den Schlüssel, den Schmöller ihm vor die Nase hielt. „Schließfach, Schließfach. Ich glaube, das ist im Dammtorbahnhof."

„Und was ist da drin?"

„Da muß ich überlegen." Er schlürfte den Rest aus der Dose. „Fällt mir nicht ein. Fällt mir beim besten Willen nicht ein."

„Soll ich dir auf die Sprünge helfen, Freundchen?" tönte es gedämpft aus den Tiefen des Federbetts. „Da sind deine Mordwerkzeuge drin: eine Drahtschlinge, Handschuhe, ein Fleischermesser und vermutlich noch eine Liste weiterer Köter, die du abmurksen willst."

„Blödsinn!" schrie Liebrecht. „Das ist doch Blödsinn!"

„Das wollen wir doch gleich mal überprüfen, ob das Blödsinn ist, in deinem eigenen Interesse." Trotzke ruderte mit seinen Armen. „Schmöller, machen Sie sich mal nützlich! Helfen Sie mir hoch!"

Schließlich mußte auch der Tatverdächtige mit anfassen, um Trotzke aus dem Bett zu wuchten. „Ihr geht vor und haltet ein Taxi an, ich muß telefonieren."

Auf der Fahrt überlegte Liebrecht fieberhaft, was in dem Schließfach sein könnte. Doch wohl nichts Belastendes. Oder etwa doch? Lagen dort wirklich Mordwerkzeuge? War er vielleicht wirklich der Hundemörder, ohne es zu wissen? Hatte er die Köter im Tran umgebracht? Es kam ja in letzter Zeit häufiger vor, daß er sich an einige Dinge nicht mehr erinnern konnte. Verdammte Sauferei! Wie war das neulich nur mit dem Pudel gewesen? Und was hatte es mit dem geheimnisvollen Schließfach auf sich?

Er schrak zusammen. Der Dicke hatte ihn in die Seite gestupst. „Immerhin, ein paar Freunde hast du ja noch." Trotzke deutete aus dem Fenster. Auf einer Mauer am Neuen Pferdemarkt prangte die Parole:

KÖTER, WOLLT IHR EWIG LEBEN?
SOLIDARITÄT MIT DEM HUNDE-KILLER

XVI

Bei den Schließfächern warteten bereits zwei Mann von der Spurensicherung. Der ebenfalls von Trotzke verständigte Polizeireporter Saur hielt sich hinter einer Säule verborgen. „Puh, stinkt das hier!" beschwerte sich der Hauptkommissar. „So, Herr Liebrecht, dann lüften Sie mal selbst das Geheimnis." Er drückte ihm den Schlüssel in die Hand. „Aber keine Tricks!"

Als auch Liebrecht der beißende Geruch in die Nase stieg, fiel ihm alles wieder ein und gleichzeitig ein Stein vom Herzen. Das Geschenk für die Punker auf seinem Weg zum Vorstellungsgespräch, der Hundehaufen, die Flucht, der hektische Einkauf und die verdreckten Schuhe, die er in diesem Schließfach deponiert hatte. Keine Mordwerkzeuge! Sein zufriedenes Lächeln beim Umdrehen des Schlüssels hielt Saur mit der Kamera fest; zu spät riß Liebrecht die Hände vors Gesicht. Dann wich er vor dem Gestank zurück.

Trotzke packte ihn am Kragen und schüttelte ihn. „Also noch eine Leiche!"

„Quatsch!" Liebrecht machte sich frei. „Da sind Schuhe drin."

„Schuhe? Warum stinken die so? Schmöller, überprüfen Sie das!"

„Immer ich." Schmöller zog Gummihandschuhe über, holte die Tüte aus dem Fach und lugte vorsichtig hinein. Er verzog das Gesicht. „Ein paar Schuhe. Verdreckt."

„Scheiße." Trotzke kratzte sich am Kopf. „Genau, das sind die Schuhe, mit denen er in den Haufen vom toten Rex getreten ist. Damit haben wir ihn überführt." Er packte Liebrecht am Arm.

„Das war's, du kommst mit aufs Präsidium."

„Aber wieso? Natürlich bin ich mit den Schuhen in einen Haufen getreten. Aber da war kein toter Hund."

„Und warum hast du sie dann im Schließfach eingeschlossen?"

„Ich war doch auf dem Weg zu einem wichtigen Termin. Da wollte ich natürlich nicht mit den dreckigen Schuhen auftauchen."

Trotzke ließ die Handschellen zuschnappen. „Diesen Bären hättest du uns ein bißchen früher aufbinden müssen."

XVII

„Wunderbar!" Bölkow war mit den Fotos von Liebrechts Festnahme sehr zufrieden. „Den hast du schön abgeschossen, unseren Triebtäter, Gunter. Vor allem sein seliger Gesichtsausdruck gefällt mir." Der Chefredakteur besann sich einen Moment. „Lächelnd führt der verrückte Psychiater die Polizei zu seinem Versteck."

„Liebrecht ist allerdings Psychologe, kein Psychiater", wandte Polizeireporter Saur ein.

Bölkow runzelte ärgerlich die Stirn. „Als ob unsere Leser das auseinanderhalten könnten." Er deutete mit seiner Zigarette auf das zweites Foto: „In diesem Schließfach im Dammtorbahnhof hat der Hundekiller seine Mordwerkzeuge versteckt."

„Das kann man so nicht sagen."

„Warum nicht?" Gernot Bölkow mochte keine Redakteure, die, versuchten, eine Story madig zu machen - eine Story, die in seinem Kopf schon fix und fertig war.

„Er hat Schuhe in dem Schließfach aufbewahrt." Saur zuckte die Schultern. „Das ist nun mal Fakt."

„Fakten verwirren den Leser", bemerkte Bildungsredakteur Tornier aus dem Hintergrund.

„Da hast du absolut recht, Alwin!" Bölkow sah Saur vorwurfsvoll an. „Wie soll ich denn aus diesen Schuhen eine Schlagzeile machen?"

„An den Schuhen war Kot. Trotzke geht davon aus, daß Liebrecht beim dritten Mord, also bei der Zwack, in einen Haufen getreten ist, den ihr Hund im Todeskampf gemacht hat. Liebrecht selbst sagt allerdings..."

„Stopp!" Bölkow legte den Zeigefinger an die Nase. „Keine Mordwerkzeuge also, sondern die entscheidende Spur. Das ist zwar nicht so schön, geht aber auch. Hast du die Schuhe fotografiert?"

Saur zeigte ihm einen Abzug, auf dem Schmöller zu sehen war, der mit der einen Hand ein paar Schuhe in die Kamera und mit der anderen seine Nase zuhielt.

Der Chefredakteur besann sich einen Augenblick. „Also, machen wir es anders. Wir zeigen Rex: Der treue Begleiter der berühmten Volksschauspielerin Hedwig Zwack lieferte im Todeskampf den entscheidenden Hinweis. Zweites Foto: Lächelnd führt der wahnsinnige Psychologe Florian Liebrecht die Polizei zu einem Schließfach im Dammtorbahnhof, wo er den Beweis für seine Schuld versteckt hat. Drittes Foto: Inspektor Schmöller stellt die kotbeschmierten Schuhe des Killers sicher - ich brauche noch das Fabrikat und den Preis. Viertes Foto: Noch im Bahnhof wird der Serienmörder verhaftet - Hamburgs Hundebesitzer atmen auf."

Bölkow lehnte sich zufrieden zurück. „Haben wird die Verhaftung exklusiv?"

„Trotzke hat's versprochen. Liebrecht ist allerdings nur vorläufig festgenommen. Wegen Tierquälerei stellt kein Richter einen Haftbefehl aus. Spätestens morgen ist er wieder auf freiem Fuß."

„Was ist mit dir los. wirst du auf deine alten Tage noch zum Bedenkenträger? Festgenommen heißt schuldig. Mit dieser Nachricht verkaufen wir zwanzigtausend Blätter mehr als sonst." Bölkow blies einen Rauchring in die Luft. Er hatte den Hamburger Hundemörder dingfest gemacht. Das war sein journalistisches Meisterwerk. Jetzt war es nur noch eine Frage von Wochen, bis er auf dem Chefsessel eines großen Magazins Platz nehmen würde. Vielleicht kam auch ein Angebot vom Fernsehen, die zahlten noch besser. „Gunter, der entscheidende Tip kam doch von einer

Leserin, ist das richtig?"

„Stimmt. Liebrechts Nachbarin hat ihn verpfiffen. Die will allerdings nicht mit uns reden. Aus Angst um ihren eigenen Hund."

„Ganz unbegründet. Schließlich sitzt der Verbrecher jetzt hinter Schloß und Riegel. Mach ihr das klar. Ich brauche zusätzlichen Stoff. Alles, was du über Liebrecht in Erfahrung bringen kannst. Seine Hobbys, sein Liebesleben, alles. Gantz soll dir helfen. Wo arbeitet unser Psychologe eigentlich?"

„Er ist arbeitslos."

„Schade. Das wäre zu schön gewesen: Tagsüber Irrenarzt - nachts Hundemörder: die gespaltene Persönlichkeit des Florian L."

XVIII

Trotzke war in Siegerlaune. „Aufgepaßt, Schmöller." Er schlug mit seinem Lineal auf den Schreibtisch. „Es ist jetzt genau halb drei, bis um acht will ich alles über unseren Mann wissen. Solange lassen wir ihn schmoren. Dann knöpfe ich ihn mir vor. Sie haben also fünfeinhalb Stunden Zeit, Kubnitz hilft Ihnen. Wühlen Sie die Wohnung noch mal durch, reden Sie mit den Nachbarn, Freunden, Eltern. Und mit seinen Professoren und Kommolitonen, das Studium liegt ja noch nicht lange zurück."

„Kommilitonen", verbesserte ihn Schmöller.

„Und fragen Sie gefälligst auch beim Staatsschutz nach. Der Liebrecht ist doch eine rote Socke, mit seinem Marx- und Thälmannbild über dem Schreibtisch."

„Das ist nicht Thälmann..."

„Dann eben der andere Kommunist, wie heißt er noch...Dings, Engels!"

„Freud."

„Meine ich doch, verdammter Besserwisser." Trotzke zerbrach das Lineal. Schmöller erkannte, daß dies kein günstiger Zeitpunkt war, um seinem Chef den Unterschied zwischen Engels und Freud zu erklären.

„Und zuallererst bringen Sie die Schuhe ins Labor. Ich will so schnell wie möglich den Nachweis haben, daß die Scheiße vom toten Köter stammt. Ist mir egal, wenn die faule Bande Überstunden machen muß. Berufen Sie sich auf Sendemann."

Genau der trat in diesem Augenblick in Begleitung einer schönen Frau ein. „Guten Tag, Herr Hauptkommissar. Herzlichen Glückwunsch zu Ihrem Erfolg. Darf ich vorstellen..."

„Nicht nötig", fiel Trotzke dem Polizeipräsidenten harsch ins Wort. „Die Dame ist bekannt."

Er ist doch wirklich ein grober Klotz, dachte Schmöller. Allerdings hat Trotzke in der Sache völlig recht. In der Mordkommission kannte jeder die Psychiaterin Dr. Carola Walden. Nicht nur wegen ihrer Vorträge über geisteskranke Täter, die sie dort hielt, sondern weil sie der Typ Frau war, den man nicht vergaß. Schmöller betrachtete sie verstohlen: schätzungsweise Mitte dreißig, perfekte Figur, sehr blaß, schwarzes Haar, strenger Vidal-Sassoon-Schnitt, einen Kopf größer als Sendemann. Sie trug Jeans, einen schwarzen Pullover und war bis auf blutroten Lippenstift ungeschminkt.

„Frau Dr. Walden", Sendemann rieb seine Hände, „würde den Hundemö..., ähem, den mutmaßlichen Täter, gerne kurz in Augenschein nehmen."

„Kommt nicht in Frage!" entgegnete Trotzke. „Unser Mann soll jetzt schön allein in seiner Zelle schwitzen, damit ich den Fall heute abend zu einem schnellen Ende bringen kann. Da werden wir uns von einer Seelenklempnerin nicht ins Handwerk pfuschen lassen."

Wie kann er nur so unverschämt sein? Schmöllers Nackenhaare stellten sich auf. Andererseits war es schon erstaunlich, wie wenig sich Trotzke von irdischer Schönheit blenden ließ. Jedes Bier beflügelt seine Phantasie mehr als diese tolle Frau. Ich könnte ihr nichts abschlagen, dachte Schmöller.

Die Walden zeigte keinerlei Regung. „Ich möchte den Mann kurz sprechen - das hat mir Herr Sendemann zugesagt." Sie schaute kurz zum Polizeipräsidenten hinunter und wandte sich dann wieder Trotzke zu. „Mein Urteil könnte auch Ihnen nützen."

„Tatsächlich?" Trotzke erhob sich mühsam halb aus dem Stuhl.

„Ich habe den Täter in Rekordzeit ausfindig gemacht. Und ich werde noch in dieser Nacht ein Geständnis liefern - mit meinen Methoden." Er ließ sich zurücksacken, wobei ein furzendes Geräusch entstand. „Aber bitte", er bleckte abschätzig die gelben Zähne, „wenn der Herr Polizeipräsident es vertreten kann, daß die Ermittlungsarbeit empfindlich gestört wird..."

Sendemann wackelte mit dem Kopf. „Könnten wir Frau Dr. Walden nicht irgendwie entgegenkommen?"

„Aber sicher", Trotzke verschränkte die Arme vor der Brust. „Frau Doktor darf den Hundemörder sofort nach seinem Geständnis analysieren."

„Und für wann hat der Herr Hauptkommissar das Geständnis vorgesehen?"

Waldens Ironie prallte an Trotzke ab. „Ich denke, wir sind spätestens gegen ein Uhr morgens mit dem Burschen durch. Wenn Frau Doktor um diese Zeit noch..."

„Ich werde hier sein." Sprach's und rauschte ab. Sendemann sah ihr hinterher. „Mußten sie so grob zu Ihr sein?"

„Wir haben jetzt keine Zeit für Schnickschnack. Wollen Sie Ergebnisse oder nicht?"

Sendemann hörte auf, seine Hände zu reiben.

„Na, also! Schmöller, was stehen Sie überhaupt noch hier rum. An die Arbeit!"

Um Punkt acht traf sich Trotzkes Mannschaft wieder. Kubnitz ließ sich erschöpft auf einen Stuhl fallen.

„Jaha, Ermittlungen in einem Mordfall sind kein Spaziergang!" belehrte ihn Trotzke. Schmöller griff zum Block und erstattete Bericht, während Trotzke sich Notizen machte.

„Also: Florian Liebrecht, geboren am elften September neunzehnhundertdreiundsechzig in Rothenburg an der Wümme als einziges Kind von Marion und Gerd-Peter Liebrecht. Die Eltern haben dort einen Tante-Emma-Laden. Es sind offenbar ordentliche und beliebte Leute. Auch über den Sohn konnten die Kollegen aus Rothenburg nichts Schlechtes sagen. Ist dort nie in Erscheinung getreten. Nach dem Abitur ist er zum Studium nach Hamburg gezogen. Kein Wehr- oder Ersatzdienst, weil untauglich."

„Ha!" entfuhr es Trotzke.

„Beim Staatsschutz liegt tatsächlich was über Liebrecht vor", fuhr Schmöller fort.

„Bis zur Wiedervereinigung war er Mitglied im Marxistischen Studentenbund - allerdings nur Mitläufer. Was interessanter ist: Neunundachtzig ist Liebrecht auf St. Pauli bei einer Initiative gegen - ich zitiere - Tölen und Tretminen in Erscheinung getreten. Ich frage mich allerdings, warum sich der Staatsschutz dafür interessiert."

„Jetzt sehen Sie, wie sinnvoll das ist!" schnappte Trotzke. „Und was hat dieser Verein gemacht?"

Schmöller entfaltete einen Zeitungsausriß. „Die haben kleire Fähnchen in Hundehaufen gesteckt mit den Namen und Anschriften der Hundebesitzer."

Trotzkes Augen leuchteten: „Zunächst war es Spaß - doch darn wurde tödlicher Ernst daraus!"

„Auf alle Fälle hat unser Mann auch heute noch was gegen Hunde", fuhr Schmöller fort. In der Nacht vom achtzehnten auf den neunzehnten November hat er nämlich in einer Kneipe im Dammtorbahnhof den Pudel der Wirtin mit Bier übergossen. Er muß ziemlich blau gewesen sein und soll wirres Zeug geredet haben nach dem Motto, er müsse den Hund löschen."

„Erst den Durst und dann den Köter, das paßt ins Bild", freute sich Trotzke. „Am Morgen desselben Tages greift er grundlos den Schäferhund der Punkerin an, wird aber in die Flucht geschlagen. Kochend vor Wut sucht er sich ein anderes Opfer - Rex."

„Nach dem Streit mit den Punkern war er allerdings zu einem Vorstellungsgespräch bei der Mainzer Versicherungsgruppe, das habe ich überprüft."

„Dann schlägt er eben danach zu. Dabei saut er sich ein, versteckt deshalb die dreckigen Schuhe im Schließfach. Danach läßt er sich stolz wie Oskar vollaufen. Doch noch in der Kneipe regt sich sein Trieb wieder und er attackiert den Pudel. Drei Angriffe auf drei Köter an einem Tag - nicht schlecht. Und das, obwohl er erst tags zuvor den Panther umgelegt hat."

„Es gibt da allerdings noch ein paar Ungereimtheiten."

„Welche denn?"

„Die drei Attacken, für die wir Zeugen haben, waren anscheinend spontane Wutausbrüche und nur einer richtete sich gegen einen Schäferhund. Dabei hat sich Liebrecht ziemlich dämlich angestellt. Getötet und verstümmelt wurden dagegen ausschließlich Schäferhundrüden. Kaltblütig und ohne Pannen."

„Bis auf die Kackspur, vergessen Sie das nicht. Außerdem schließen sich kaltes und heißes Blut nicht aus. Der Bursche hat halt einen Knacks", wischte Trotzke den Einwand vom Tisch. „Was haben Sie sonst noch rausgekriegt?"

„Nicht viel. Bis vor einem halben Jahr hatte Liebrecht eine Freundin. Alternative Szene. Die wollte mir keine Auskünfte über ihren Ex-Freund geben."

„Und was haben Sie rausbekommen, Kubnitz?"

Der Ex-Hundeführer schreckte hoch. „Nichts. Beim Studium hat Liebrecht mittelprächtig abgeschnitten: zwei minus - das ist unterdurchschnittlich für Psychologen in Hamburg, habe ich mir sagen lassen. Professoren wußten auch nichts über ihn zu berichten."

„Und was ist mit den Spuren, Schmöller?" Trotzke wurde ungeduldig.

„Ich war noch mal in der Wohnung: negativ. Das Labor hat mit der Analyse der Schuhe noch nicht angefangen. Die sind ziemlich sauer darüber, daß sie wegen einer solchen Lappalie länger arbeiten müssen."

„Was eine Lappalie ist und was nicht, entscheide ich." Trotzke knetete seine Finger. „Der Fall ist sonnenklar, schafft mir den Triebtäter her."

XVIIII

Willenlos ließ sich Liebrecht von dem Uniformierten durch die Flure des Präsidiums führen. Er summte unentwegt: „Meine Gedanken sind Parallelen, ich kann weiter sehen, ich bin schizophren." Der Refrain des Neue-Deutsche-Welle-Songs ging ihm schon den ganzen Nachmittag durch den Kopf. Fünfeinhalb Stunden hinter Gittern nach dem Schock am frühen Morgen und zuviel Bier auf nüchternem Magen hatten ihm schwer zugesetzt. Warum bin ich hier? versuchte er sich zu erinnern. War das das Ende? Man führte ihn in einen überhitzten Raum, wo der dicke Kommissar, dessen Assistent und ein Mann mittleren Alters mit buschigen Augenbrauen auf ihn warteten.

Der Dicke drückte ihn auf einen Hocker und beugte sich tief zu ihm hinunter. Er stank furchtbar aus dem Hals. „So, jetzt unterhalten wir uns in aller Ruhe. Zuerst sollten wir uns aber stärken." Er ging zum Telefon, nahm den Hörer ab, wählte und sprach in die Muschel: „Manni, bring' zwanzig Halbe und ein Dutzend Frikadellen hoch. Vergiß den Senf nicht." Er legte auf, ließ sich in einen Drehstuhl plumpsen und verschränkte die Arme vor dem Bauch.

Liebrecht schaute verstohlen in die Runde. Alle musterten ihn. Genauso wie bei den Wochenendseminaren mit der Psychogruppe. Damals hatte er den anderen auch von seinen Geheimnissen erzählen müssen. Ohne Geständnis kam man nicht davon. Mühsam unterdrückte er den Brechreiz.

Ein Mann mit rotem Gesicht trat ein. Er trug zwei Plastiktüten, aus denen es verheißungsvoll klirrte und übergab sie dem dicken Kommissar.

„Ich habe noch ein paar Schlüpferstürmer mitgebracht."

„Ist gut, Manni. Schreib' alles auf meinen Zettel." Der Dicke schlug die Kronkorken zweier Flaschen an der Kante seines Schreibtisches ab und hielt ihm ein Bier hin. Er griff zu und leerte die Flasche in einem Zug. Ihn schwindelte.

Der Dicke gab ihm noch ein Bier. „So, jetzt können wir in aller Ruhe reden."

„Worüber?"

„Über Ihr Problem."

Genau, wie Liebrecht befürchtet hatte. Der Dicke näherte sich bedrohlich. „Zunächst sah es so aus, als würde aus Ihnen was werden. Ihre Jugend in Rothenburg, die Schule, alles lief ganz normal - scheinbar. Die Eltern waren stolz auf ihren einzigen Sohn. Nette Leute, übrigens."

Wie konnte die Polizei mit seinen Eltern reden! Er sah seinen Vater vor sich, der in dem winzigen, bis zur Decke vollgestopften

Laden die Regale auffüllte, während seine Mutter hinter der Kasse saß. Was der Dicke sagte, drang wie durch einen Schleier an sein Ohr.

„... fleißige Kaufleute...stolz... einziger Sohn... Studium...Psychologie...wußten, daß irgendwas nicht stimmt...obenrum."

„Meine Gedanken sind Parallelen", murmelte Liebrecht.

„Unterbrechen Sie mich nicht!" herrschte der Dicke ihn an. Liebrecht zuckte zusammen. Er versuchte sich, trotz der bohrenden Kopfschmerzen, die ihn quälten, zu konzentrieren.

„Ihr Knacks ging einfach nicht weg", mümmelte der Dicke, während er gleichzeitig versuchte, mit einem Kugelschreiber Fleischreste zwischen seinen Zähnen zu entfernen. „Deshalb hat Ihnen schließlich auch Ihre Freundin den Laufpaß gegeben."

Der letzte Satz hallte in Liebrecht Ohren. Moni hatte ihn auch immer gequält.

„Als das nette Mädchen, Ihr letzter Halt, verschwunden war, Sie Ihr Studium mit Ach und Krach beendet hatten, ließen Sie sich gehen. Verließen Ihre Bude nur noch, um neues Bier zu holen. Wer weiß, wann Sie das letzte Mal nüchtern waren."

Irgend jemand kicherte.

„Da vegetiert diese gescheiterte Existenz also vor sich hin und sinnt auf Rache." Der Dicke begann, ihn zu umrunden.

Liebrecht schreckte zusammen, als er einen scharfen Schmerz am Hinterkopf verspürte. Der Kommissar hatte ihm eine Kopfnuß versetzt.

„Gegen Hunde hatten Sie ja schon immer was. Wir wissen genau Bescheid über ihre Anarcho-Aktion gegen Tölen und Tretminen."

Liebrecht rieb sich den Hinterkopf und lächelte versonnen. Damals war die Welt noch in Ordnung gewesen.

„Darauf sind Sie wohl auch noch stolz?" brüllte der Mann mit den buschigen Augenbrauen.

Der Dicke stupste ihn. „Haben Ihre Eltern einen Hund?"

„Ist doch egal."

„Werd' nicht pampig." Der Dicke entriß ihm die Bierflasche.

„Ja oder nein?"

„Ja."

„Was für einen?"

Liebrecht versuchte, sich zu erinnern. „Einen Mischling."

„Aus was?"

„Aus Pudel und Schäferhund, glaube ich."

„Aha." Der Dicke setzte seine Flasche an den Hals.

„Der Deutsche Schäferhund war das ideale Opfer für dich. Er symbolisiert wie kein anderes Tier Treue, Anstand und Erfo g - Eigenschaften, die dir völlig abgehen."

„Ich habe jetzt einen Job." Liebrecht richtete sich auf.

„Hatte, muß es heißen, Freundchen. Du hattest einen Job. Oder meinst du, die Versicherungsfritzen lesen keine Zeitung?"

Die Erde bebte. Liebrecht sah, wie das Hochhaus der Mainzer Versicherungsgruppe sich langsam neigte und dann zusammenstürzte. Die Trümmer begruben den Laden seiner Eltern. Moni stand daneben und lachte und lachte und lachte. Er stürzte sich auf das Ungeheuer. Das Ungeheuer spuckte Bier. Irgendwer r ß ihn zurück. Das Ungeheuer zog ein geschirrhandtuchgroßes fleckiges Taschentuch aus seiner Hosentasche und säuberte sich damit. Dann kam es auf ihn zu.

„Gaanz ruhig, Freundchen."

Das Ungeheuer ohrfeigte ihn. Dann hielt es ihm ein neues Bier hin. Er griff zu. Jetzt war alles einerlei. Es hatte so kommen müssen. Bei ihm ging alles schief. Wenn er hier herauskam, würde er sich umbringen.

Das Ungeheuer zog seinen Stuhl heran und hockte sich unm ttelbar vor ihm hin. „So, jetzt wollen wir uns mal wie erwachsene Männer unterhalten. Und erwachsene Männer erzählen sich immer die Wahrheit. Das heißt, ich erzähle und du hilfst mir ein bißchen."

Liebrecht rümpfte die Nase.

„Kommen wir also zum elften November. Es ist abends, du hast getrunken wie immer. Aber sonst ist nichts wie immer, denn heute muß es sein. Du packst die vorbereiteten Sachen zusammen: mit Valium getränkte Klopse, die Drahtschlinge, das Messer, Handschuhe. Du fährst nach Sinstorf. Das Grundstück von Kubnitz hat-

test du bereits ausbaldowert, stimmt's? Aber wußtest du auch, daß
er Polizeibeamter ist? Hat dich das besonders angeturnt?"

Liebrecht nickte. Besser wäre es, zuerst noch einige Ungeheuer
zu töten, bevor er seinem Leben ein Ende machte.

„Du dringst also in das Grundstück ein - ein Kinderspiel, die
Pforte ist noch nicht einmal abgeschlossen. Du schleichst dich
zum Zwinger, der vertrauensselige Köter kommt zum Gatter. Du
packst das Hackfleisch aus, lockst den Köter damit an."

Instinktiv biß Liebrecht in die Frikadelle, die das Ungeheuer
ihm unter die Nase hielt.

„Der Köter fängt an zu sabbern."

„Du sollst nicht immer Köter sagen!" rief die Augenbraue.

„Du öffnest die Zwingertür, legst dem Köter den Köder hin. Er
schlingt ihn runter und ist keine Minute später betäubt. Und du",
er tippte Liebrecht an die Brust, „nimmst den Draht, legst ihn deinem wehrlosen Opfer um den Hals und ziehst zu."

Das Ungeheuer würgte ihn.

„Der Draht schneidet tief ins Fleisch, der Köter zuckt am
ganzen Körper. Du läßt nicht locker, fünf Minuten, zehn Minuten,
eine Viertelstunde lang. So lange, bis das Zucken aufhört."

Liebrecht röchelte.

„Doch das reicht dir noch nicht, nahein, du greifst zum Messer.
Drehst dein Opfer auf die Seite, spreizt seine Hinterläufe und
schneidest ihm den Pimmel ab."

Jemand seufzte.

„Jetzt erst bist du richtig befriedigt", fuhr der Dicke fort. „Wahrscheinlich ging dir richtig einer ab, als du den knochigen Schäfer-
hundpimmel in der Hand hieltest. So war es doch, oder?"

Das Ungeheuer schüttelte ihn. „Wo hast du die Pimmel aufbewahrt?"

Liebrecht hielt die Hände schützend vor sein Gesicht.

„Beten hilft jetzt auch nicht mehr. Du brauchst nichts zu sagen,
ich weiß alles, Bürschchen. Befriedigt, das erste Mal seit Jahren
befriedigt, fährst du zurück in deine Lotterbude. Erst am nächsten
Tag wird die klar, was du angestellt hast. Du erschreckst und
schwörst dir: nie wieder!"

„Ich will noch ein Bier." Das Ungeheuer gab es ihm.

„Ein paar Tage später kommt das Vorstellungsgespräch. Eine einmalige Chance. Du kannst den Absprung ins richtige Leben finden. Aber", der Dicke tippte sich an die Stirn, „dein perverses Hirn läßt sich nicht einfach abschalten. Immer wieder geht dir deine erste Schandtat durch den Kopf. Je länger die Tat zurückliegt, desto weniger schämst du dich, desto stolzer wirst du auf dein Verbrechen. Genau eine Woche nach dem Mord an Harras, hältst du es nicht mehr aus und schlägst wieder zu. Ermordest und kastrierst in Volksdorf den schwarzen Panther."

„Den schwarzen Panther", wiederholte Liebrecht.

„Nach diesem zweiten Verbrechen ist der Damm bei dir gebrochen. Du kennst keine Hemmungen mehr. Das zeigt der nächste Tag, der Tag deines Vorstellungsgesprächs. Ein wichtiger Tag, vielleicht der wichtigste Tag in deinem Leben. Du wirfst dich in Schale, versuchst dich auf etwas anderes zu konzentrieren als auf Hundepimme - vergeblich. Im Treppenhaus überkommt es dich: Du attackierst den kleinen, harmlosen Hund deiner Nachbarin. Drohst - wörtlich - ihn zu kastrieren. Dann machst du dich auf dem Weg zu S-Bahn. Vorbei an deiner Wandschmiererei ein paar Häuser weiter. 'Hunde totmachen' hast du da hingeschrieben."

„Was sind Sie nur für ein Mensch?" rief die Augenbraue.

„Das warst du doch", herrschte das Ungeheuer ihn an.

„Kaum fünf Minuten später rastest du im S-Bahnhof an der Sternschanze aus. Bedrohst grundlos den Schäferhund einer Punkerin. Eine halbe Stunde vor dem wichtigen Vorstellungsgespräch, das muß man sich mal vorstellen." Der Dicke rülpste.

Liebrecht begann zu weinen.

„Reiß' dich zusammen! Du absolvierst also deinen Bewerbungstermin mit Bravour, das hat mir der Personalchef bestätigt. Und könntest eigentlich zufrieden sein. Bist du aber nicht. Denn befriedigt bist du nur noch, nachdem du einen Hund geschändet hast. Du ziehst gleich wieder los. Diesmal suchst du dir ein richtig prominentes Opfer, den Köter der Schauspielerin Zwack. Du bist wie von Sinnen - und deshalb unterläuft dir ein verhängnisvoller Fehler. Im Todeskampf hinterläßt Rex seinen letzten Haufen

- und du latschst prompt hinein. Auf der Flucht fällt dir das Malheur auf. Du versteckt die stinkenden Schuhe in einem Schließfach im Dammtorbahnhof. Wo hast du eigentlich die neuen Schuhe her?"

Liebrecht antwortete nicht.

„Das kriegen wir noch raus. Stolz über dein drittes widerwärtiges Verbrechen, gießt du dir gleich in der Bahnhofskneipe einen auf die Lampe. Und dort meldet sich bald wieder dein böser Trieb: Du begießt den Pudel der Wirtin mit Bier. Ziemliche Verschwendung übrigens."

Der Kampf gegen das andere Ungeheuer. Die steckten alle unter einer Decke. Er war umzingelt.

„Wir wissen alles, Bürschchen. Alles. Du mußt es nur noch bestätigen."

„Ein Geständnis", wiederholte der dritte, der bisher noch nichts gesagt hatte, „erleichtert die Sache für Sie. Mit großer Wahrscheinlichkeit kommen Sie mit einer Bewährungsstrafe davon."

„Genau", bestätigte das Ungeheuer. „Zumal du bei den Morden ziemlich voll warst. Oder?"

Liebrecht nickte.

„Na also. Da kommst du ganz billig weg. Ehrlich gesagt", das Ungeheuer schlug einen verständnisvollen Ton an, „ich kann Köter auch nicht ab. Kubnitz, du bist still." Das Ungeheuer kam ihm sehr nahe.

Es gab kein zurück: „Ja, ja, ja ich war's."

Das Ungeheuer strahlte: „Schmöller, Sie protokollieren die Aussage."

Es war halb eins, als Liebrecht erleichtert sein Geständnis unterzeichnete.

XX

Es klopfte und herein trat die Walden.

Trotzke sah sie mißmutig an. „Ach, Frau Doktor. Sie hätten wir ja fast vergessen."

„Hier müßte mal gelüftet werden."

Schmöller eilte zum Fenster. So kam er leider zu spät, um ihr aus dem Mantel zu helfen, unter dem sie ein dunkelblaues weit ausgeschnittenes Samtkleid trug. In den Gestank von schalem Bier und Männerschweiß mischte sich der Duft ihres herben Parfums. Sie ist eine Königin, eine Kaiserin. Nein, eine Göttin! schoß es Schmöller durch den Kopf. Ob sie sein Herz schlagen hören konnte?

„Und, Herr Hauptkommissar, haben Sie Ihr Geständnis?"
Sie hatte eine sehr tiefe Stimme.

„Selbstverständlich, bei uns geht alles nach Plan."
Liebrecht kam zusammen mit Kubnitz, der ihn zur Toilette begleitet hatte, herein. Trotzke sprach ihn in sanftem Tonfall an. Liebrecht, diese Dame würde sich gern ganz kurz mit Ihnen unter-halten. Sie müssen allerdings nicht. Wenn Sie nicht wollen..."

„Eigentlich nicht. Das heißt, warum eigentlich nicht?" Liebrecht starrte die Göttin an. Wie ferngesteuert, ging er auf sie zu.

„Ihr könnt euch nebenan unterhalten, aber nicht länger als zehn Minuten. Harry, Du gehst mit!" befahl Trotzke.

„Ich werde allein mit Herrn Liebrecht reden", sagte sie in einem Ton, der keinen Widerspruch duldete.

Das Gespräch dauerte länger als zehn Minuten. Kubnitz und Trotzke nickten ein, Schmöller war hellwach. Er lauschte an der Tür, konnte aber kein Wort verstehen. Die Göttin und der Triebtä-ter! Wehe, der krümmte ihr ein Haar!

Nach einer halben Stunde kam die Walden endlich wieder - allein. Trotzke hob seinen Schädel vom Schreibtisch.

„Sie haben den Falschen, Herr Hauptkommissar."

„Da schau her. Und wie kommen Frau Doktor darauf?"

„Hören Sie, Herr Hauptkommissar, mich geht die Angelegen-heit ja eigentlich gar nichts an."

„Allerdings!"

Sie stand kerzengerade vor Trotzke. „Aber es ist sowohl im Interesse von Herrn Liebrecht als auch der Polizei, dieses Mißver-ständnis aufzuklären."

„Da bin ich aber gespannt."

„Ich will es für Sie ganz einfach machen: Sie suchen einen

Täter, der Hunde nicht nur erwürgt, sondern ihnen auch noch die Glieder abtrennt. Das ist der entscheidende Punkt. Jemand, der so etwas tut, ist, nun, man könnte sagen, nicht normal. Seine Libido - wenn Sie wissen, was das heißt -"

„Jetzt reicht's aber!"

„Nun lassen Sie sie doch ausreden!" schaltete sich Kubnitz ein.

„Ich war dabei zu erläutern", fuhr die Walden ungerührt fort, „daß die Libido des Täter auf ein ungewöhnliches Objekt fixiert ist. Man könnte auch sagen, er ist pervers."

„Was soll das Gerede, wir wissen selbst, daß unser Mann pervers ist."

„Ist er aber eben nicht. Liebrecht ist stinknormal."

„Und das haben Frau Doktor in einer Blitzanalyse herausgefunden?"

„Das Gespräch war eigentlich gar nicht mehr nötig. Als erfahrene Psychiaterin hat mir schon Liebrechts Blick verraten, wes Geistes Kind er ist. Er hat mich lüstern angestarrt. Genau wie der da", sie zeigte auf Schmöller, dessen Gesicht in Sekundenbruchteilen die Farbe eines Feuerlöschers annahm. „Und Männer, die so Frauen so anschauen, schneiden Hunden für gewöhnlich nicht den Penis ab. Die interessieren sich nämlich überhaupt nicht für Tiere."

„Wir haben aber ein Geständnis", blaffte Trotzke.

„Das wird Herr Liebrecht widerrufen."

„Sie verlassen jetzt augenblicklich diesen Raum, sonst..."

Das Telefon klingelte. Schmöller nutzte die Gelegenheit abzunehmen und sein Gesicht zum Fenster zu drehen. Er hörte die Tür zufallen. Zwei Minuten später legte er auf. „Das war das Labor. Der Kot an Liebrechts Schuhen ist nicht identisch mit dem Kot des toten Rex."

„Scheiße!"

Das Telefon klingelte erneut. Diesmal nahm Trotzke ab, und lauschte mit weit geöffnetem Mund. „Wann?" schnaubte er in die Muschel. „Sind Sie sicher? Ja gut, ich schicke sofort jemanden!" Der Hauptkommissar machte sich eine Notiz, sank mit leerem Blick in seinen Stuhl.

Das erste Mal zeigt er Nerven, dachte Schmöller und betrachtete seinen Chef wie ein Insektenforscher einen Käfer.

„Schmöller, Sie fahren sofort los. Wir haben einen neuen verdammten Hundemord."

XXI

Schmöller schrak zusammen, als er auf den Flur trat: Beinahe wäre er mit der Walden zusammengeprallt. Sie mußte an der Tür gelauscht haben - eine Göttin ohne Skrupel.

„Der wahre Hundemörder hat also wieder zugeschlagen", bemerkte sie triumphierend. „Zu einer Zeit, als Liebrecht hier war, was beweist, daß er unschuldig ist. Ich habe also recht."

Schmöller nickte. Er brachte kein Wort heraus. Zusammen gingen sie zum Fahrstuhl. Auf dem Weg in die Tiefgarage wußte er nicht, wo er sich hinwenden sollte. Sie hatte ihren Mantel nicht geschlossen, er schaute krampfhaft an ihrem Dekolleté vorbei und musterte interessiert den Alarmknopf.

„Es gibt ja viele unangenehme Typen", brach sie das Schweigen, „aber so ein Arschloch wie Ihr Chef ist mir noch nicht untergekommen."

Schmöller zögerte den Bruchteil einer Sekunde, bevor er ihr aus vollem Herzen zustimmte. „Das Schlimmste ist, daß er mich bei meiner Arbeit behindert. Ohne den Fett..., ohne Trotzke wäre ich in diesem Fall schon viel weiter", sprudelte es aus ihm heraus. „Ich...." Er brach ab. „Ich fand das übrigens sehr interessant, was sie über den Täter gesagt haben. Sehr interessant. Und deshalb würde ich mich freuen, wenn ich die Gelegenheit hätte, mich noch einmal ausführlicher mit Ihnen zu unterhalten. Natürlich nur, wenn es Ihnen paßt. Und natürlich ohne Trotzke. Sie täten mir einen Riesengefallen."

„Warum nicht? Wann wollen wir uns treffen?"

Schmöllers Herz machte einen Sprung. „Morgen?"

„Sie meinen heute. Kommen Sie um halb acht bei mir vorbei. Privat. Um viertel nach acht muß ich aus dem Haus." Sie zog eine Karte aus der Innentasche ihres Mantels und reichte sie ihm.

„Privat, privat, privat", summte Schmöller unentwegt auf der Fahrt im Schneeregen nach Stellingen. Es war halb drei, in dem tristen Viertel war außer einem Penner mit Rauschebart, den Schmöller um ein Haar überfahren hätte, niemand unterwegs. Er hupte dem schimpfenden Alten fröhlich hinterher. In fünf Stunden würde er die Göttin zu Hause besuchen. Sie würde, noch schlaftrunken, in der Tür stehen, nur mit einem Kimono bekleidet... Schmöller schlitterte durch eine Kurve, touchierte den Bordstein, bevor er den Wagen wieder unter Kontrolle brachte.

Das vierte Opfer, ein dreizehn Jahre alter Schäferhund namens Blondi, gehörte einem Hausmeisterehepaar, das an einer Grundschule Dienst tat. Der hinfällige Hund war wohl am Schock und nicht an der Strangulation verendet, vermutete der Veterinär. Zeugen gab es keine, und wenn es Spuren gegeben hatte, so waren sie vom Schneeregen zerstört worden, der gegen sechs Uhr abends eingesetzt hatte. Es gab keinerlei Anhaltspunkte, bis auf die Tatzeit: zwischen sechzehn und null Uhr dreißig. In dieser Zeit hatte das Ehepaar nach eigenen Angaben Verwandte besucht, Blondi habe sie noch kläffend verabschiedet. Als sie wiedergekommen seien, habe das Tier tot da gelegen.

Schmöller betrachtete die Hundehütte, auf deren Dach eine kleine Deutschlandfahne hing. Liebrecht schied als Täter definitiv aus.

Der Hausmeister hatte dafür einen anderen Verdacht: „Das waren Asylanten!"

„Unwahrscheinlich", entgegnete ihm Schmöller immer noch gut gelaunt. „Die hätten den ganzen Hund mitgenommen und gegrillt."

Zurück im Präsidium konnte er schon vom Flur aus die sich überschlagende Stimme des Polizeipräsidenten hören. Vorsichtig öffnete er die Bürotür und mogelte sich hinein.

„Jetzt ist endgültig Schluß mit Ihren Eigenmächtigkeiten! Feierabend! Ich entbinde Sie mit sofortiger Wirkung von diesem Fall!" Sendemann stand in der Mitte des Raumes, fixierte Trotzke und rieb hektisch seine Hände. Kubnitz beobachtete den Disput von seinem Platz am Fenster aus.

„Das wäre ein Fehler, mir den Fall wegzunehmen mein lieber Herr Sendemann."

Trotzke hatte seine Ruhe offenkundig wiedergefunden.

„Ich bin nicht Ihr lieber Herr Sendemann, ich verbitte mir diesen Ton! Es war ein Fehler, Sie überhaupt mit dem Fall zu betrauen. Ein großer Fehler!"

„Allerdings. Und zwar Ihr Fehler. Sie erinnern sich sicher noch, wie sie mich mit großem Tamtam der Öffentlichkeit als Ermittler präsentiert haben. Wenn Sie mir jetzt einen Tritt geben, fällt das auf Sie zurück."

Sendemann schaltete beim Händereiben einen Gang zurück.

„Herr Polizeipräsident", Trotzke hob theatralisch die Hände, „geben Sie mir nur achtundvierzig Stunden, dann bringe ich Ihnen den Hundemörder. Nur achtundvierzig Stunden. Ehrenwort!"

Jetzt ist er wahnsinnig geworden, dachte Schmöller.

Sendemann löste die Finger voneinander und sah auf seine Uhr, die er am rechten Handgelenk trug. „Na gut. Ich gebe Ihnen exakt bis übermorgen, halb sechs Uhr früh. Wenn Sie bis dahin den Täter - und ich meine den wahren Täter - nicht gefunden habe, versetze ich Sie zur..."

„Verkehrspolizei", vollendete Trotzke den Satz.

Was der Polizeipräsident, der seine Karriere ebenda begonnen hatte, gar nicht lustig fand. „Sie werden mich noch kennenlernen", versetzte er und rauschte ab.

Im Nebenraum fiel krachend etwas um.

„Ach Gott, der Liebrecht. Den Trottel haben wir ja ganz vergessen. Los, Harry, schmeiß' ihn raus."

Schmöller eilte nach nebenan und half Liebrecht hoch, der im Schlaf vom Stuhl gefallen war und aus der Nase blutete. Schmöller reichte ihm ein Taschentuch.

„Wo bin ich?"

„Im Polizeipräsidium." Dieser Liebrecht ging Schmöller mittlerweile mächtig auf die Nerven. Er zückte das Geständnis und wedelte damit herum. „Sie haben gestern abend fälschlicherweise gestanden, drei Hunde getötet zu haben. Das nennt man Irreführung von Strafverfolgungsbehörden."

Liebrecht sah nicht so aus, als ob er folgen konnte. Schmöller zerriß das Geständnis in kleine Fetzen. „So, und nun ab nach Hause."

Er geleitete Liebrecht zum Lift und wartete, bis der unten angekommen war. Irgend etwas hatte er vergessen. Sinnierend kehrte er zu Trotzke und Kubnitz zurück und erstattete Bericht über den vierten Hundemord.

„Keine Anhaltspunkte - scheiße!" war Trotzkes einziger Kommentar. Angesichts der desolaten Lage machte er einen erstaunlich gelassenen Eindruck.

„Wir sehen uns um Punkt neun wieder und gehen alles noch einmal durch".

Die Zeitung! fiel es Schmöller siedendheiß ein. „Wir haben vergessen, beim Kurier Bescheid zu sagen, daß Liebrecht nicht der Täter ist. Die bringen das doch bestimmt ganz groß."

„Stimmt", stellte Trotzke fest. „Zu spät, die Zeitungen sind längst ausgeliefert. Ich werde Saur anrufen. Sag' du den Kollegen auf St. Pauli Bescheid, Harry. Die sollen mal nach Liebrecht sehen, sonst lyncht der Mob den noch."

„Verdient hätte er es, der Hundehasser", sagte Kubnitz.

XXII

Der Bus war ziemlich voll. Erstaunlich, daß so viele Leute um diese Zeit schon unterwegs sind, dachte Liebrecht. Das letzte Mal war er als Schüler vor acht Uhr morgens Bus gefahren. Er stellte sich an den mittleren Ausgang neben eine junge Chinesin in lindgrüner Daunenjacke. Könnte aber auch genauso gut eine Koreanerin sein oder eine Japanerin oder eine Vietnamesin oder eine Philippina. Oder eine Burmesin. Sagte man Burmesin?

Jemand knurrte bösartig. Es war der Schäferhund der Chinesin. Oder Burmesin.

„Mach' Sitz!" befahl sie ihm und der Hund machte Sitz.

Eine Chinesin - oder eine Burmesin -, die zu ihrem Schäferhund „Mach' Sitz" sagt - das fand Liebrecht lustig. Er kicherte, erst verhalten, dann immer lauter. Sie rückte von ihm ab, sah ihn mißtrauisch an. Plötzlich schrie sie: „Der Hundemörder, das ist der Hundemörder!"

Warum sagt sie nicht del Hundemöldel? dachte Liebrecht. Dann ging alles ganz schnell. Andere Fahrgäste umringten ihn. Ein Hüne im Ledermantel rief: „Jetzt bist du dran!"; der Hund fing an wie irr zu bellen; der Busfahrer bremste abrupt; Liebrecht schlug lang hin. Niemand hielt ihn.

Mein Gott, da hat der Kurier ja ganze Arbeit geleistet, dachte Schmöller, als er um halb sieben mit verquollenen Augen am Küchentisch saß. Das Titelblatt zeigte Liebrecht vor dem geöffneten Schließfach. Darüber die Schlagzeile:

ENDLICH GEFASST
DER HUNDEMÖRDER

Unter dem Foto stand: *Der irre Killer ist Psychologe. Florian Liebrecht (32) führte die Polizei gestern selbst zu dem Schließfach, in dem er belastende Indizien verwahrte. Jetzt sind sich die Ermittler sicher: Liebrecht hat drei Deutsche Schäferhunde grausam mit einem Draht erwürgt und dann mit einem Fleischermesser kastriert. Die entscheidende Spur hinterließ er bei seinem dritten Opfer Rex, treuer Begleiter der Schauspielerin Helga Zwack. Seite 14/15*

Schmöller blätterte um. Unter der Überschrift: *REX ÜBER-FÜHRTE SEINEN MÖRDER* prangten Fotos der ermordeten Hunde und ein Bild vom ihm: *Inspektor Andreas Schmöller (34) mit den entscheidenden Indizien: Diese kotbeschmierten Schuhe überführen den Hundemörder.*

Schmöller atmete tief durch. Hoffentlich sah die Walden dieses peinliche Bild nicht. Er stürzte seinen Kaffee hinunter, putzte sich sorgfältig die Zähne und überprüfte den Sitz seines hellen Leinenanzugs. Vielleicht nicht ganz angemessen für diese Jahreszeit, aber das war nun mal sein bestes Stück.

Dr. Carola Walden empfing ihn um sieben Uhr zwanzig in einem hochgeschlossenen Kostüm. Sie führte ihn in ein Zimmer, das doppelt so groß war wie seine gesamte Wohnung. Bis auf ein

Sofa, eine Stereoanlage, ein Tisch mit Glasplatte, an dem vier Metallstühle standen, war der Raum leer.

„Setzen Sie sich! Was kann ich also für Sie tun, Herr..."

„Schmöller." Sie hatte seinen Namen vergessen.

„Kommen Sie schnell zur Sache, ich habe wenig Zeit."

Bedauerlicherweise meinte sie eine ganz andere Sache als die, die ihm vorschwebte. Schmöller räusperte sich. „Frau Walden, das was Sie gestern über das, äh, Profil des Täters sagten, das fand ich sehr interessant."

Er hob seine Hände von der Tischplatte. Auf dem Glas zeichnete sich Flecke ab, er verschränkte die Arme darüber.

„Sie tappen also im dunkeln, nachdem Sie diesen unglücklichen Liebrecht laufen lassen mußten."

Diesen Namen hatte sie also behalten.

„Sie haben nichts in der Hand, weil der Täter vorher nicht in Erscheinung getreten ist. Unter Umständen findet sich etwas über ihn - ich bin mir sicher, daß es ein Mann ist; auf die hirnverbrannte Idee, Hunde zu erwürgen und zu kastrieren, kann nur ein Mann kommen - in den Akten eines Neurologen, Psychologen oder Psychiaters. Vielleicht, vielleicht aber auch nicht."

Schmöller seufzte.

„Ihnen bleibt also nur die Tat selbst."

„Ganz meine Meinung."

„Die hat Ihnen offensichtlich bisher nichts genützt - sonst wären Sie ja nicht hier."

Er errötete.

„Die Tat verrät eine Menge über den Täter", fuhr die Göttin ungerührt fort. „Er betäubt seine Opfer. Warum vergiftet er sie nicht gleich? Das ginge schneller und wäre sicherer. Nein, er betäubt sie, um sie dann zu erwürgen. Warum?"

„Aus Grausamkeit."

Die Walden schüttelte den Kopf.

„Das ist nicht der wesentliche Punkt. Man könnte einen Hund auch irgendwo anbinden, wo ihn niemand findet oder mit einem ätzenden Gift töten oder verbrennen - das wäre auch grausam. Nein, wesentliches Merkmal der Strangulation ist die Unmittelbarkeit und Intensität des Tötungsvorgangs. Über Minuten erlebt der Täter hautnah, wie das Leben langsam aus seinem Opfer entweicht. Spürt den Widerstand der Muskeln, sieht seinem Gegenüber direkt in die angstgeweiteten Pupillen - bis der Blick starr wird. Haben Sie meine Vorträge zur Anatomie der Triebtat verfolgt?"

„Doch, schon, aber..."

„Offensichtlich ist nicht viel hängengeblieben."

Er schaute beschämt auf seine Schuhe.

„Also, im Grunde ist es doch ganz einfach: Die Tat spiegelt das Verhältnis des Täters zum Opfer wider. Bei der Strangulation ist dieses Verhältnis eng - es spricht viel für eine Beziehungstat." Sie legte ihre langen Finger gegeneinander. „Der Tötungsakt kann entweder einem plötzlichen Affekt entspringen oder aber er ist geplant und Ausdruck lange aufgestauten, tiefen Hasses. Letzteres scheint mir beim Hundemörder der Fall zu sein. Das Motiv ist Haß. Und wie entsteht Haß?"

Schmöller kam sich vor wie in der Schule und genau wie dort, fiel ihm, wenn es darauf ankam, nichts ein.

„Aus Enttäuschung. Je größer die Enttäuschung, desto größer der Haß. Und enttäuscht werden kann nur derjenige, der einem anderen Wesen sehr nahe steht. Um es populär zu formulieren: Der Mörder rächt sich für eine enttäuschte Liebe."

„Kann man einen Hund lieben?"

„Man kann. Frau übrigens auch."

Schmöller schüttelte den Kopf. „Es ist aber nach dem Stand der Ermittlungen überhaupt nicht davon auszugehen, daß der Mörder eine - Beziehung - zu den Hunden hatte. Es gibt keine Verbindung zwischen den Opfern."

„Vielleicht haben Sie die nur noch nicht entdeckt. Außerdem hat der Täter möglicherweise tatsächlich kein gestörtes Verhältnis zu den getöteten Tieren, sondern zu Schäferhunden ganz allgemein. Vielleicht aber auch nur zu einem einzigen Tier. Diese schlechte Erfahrung hat er auf alle anderen Schäferhunde übertragen. Die Übergeneralisierung ist ja genau das Problem bei Triebtätern: Deshalb können sie nicht aufhören."

„Und warum verstümmelt er seine Opfer?"

Sie lächelte. „Eine interessante Inszenierung. Sie kann vieles bedeuten. Aber eines scheint mir klar: Die Beziehung des Täters zu Hunden ist auch sexuell. Oder sogar hauptsächlich sexuell." Sie erhob sich und sah auf die Uhr.

Schmöller stand ebenfalls auf. „Sie wollen allen Ernstes behaupten, der Täter sei ein überaus sensibler Homosexueller, der eine Liebesbeziehung zu einem Schäferhundrüden hatte, von dem er dann verlassen wurde? Und aus Enttäuschung bringt er jetzt reihenweise Artgenossen seines verschwundenen Lovers um?" Er folgte ihr zur Tür.

„Schwul muß er nicht unbedingt sein. Tierfreunde sind da nicht festgelegt."

Schmöller blieb stehen. „Tja, also, vielen Dank, Frau Walden. Sie waren mir eine große Hilfe."

„Auf Wiedersehen, Herr Möller." Sie reichte ihm nicht die Hand.

„Schmöller."

Jetzt oder nie. „Ähem. Vielleicht wäre es, vielleicht könnten wir noch einmal in aller Ruhe über den Fall diskutieren. Ich meine, wenn wir den Täter haben. Ich würde Sie gern zum Essen einladen."

„Warum nicht." Sie sah ihn spöttisch an. „Aber machen Sie sich keine falsche Hoffnungen: Ich stehe nicht auf Jungs."

XXIII

Schmöller war als erster im Büro und kochte Kaffee. Sein Kopf brummte, er war hundemüde und niedergeschlagen. Die Göttin eine Lesbe - das Schicksal meinte es nicht gut mit ihm. War Gott schwul? War die ganze Welt durcheinander? Alles ging schief. Nur noch fünfundvierzig Stunden, dann mußte er den Hundemörder haben. „Der Mörder rächt sich für eine enttäuschte Liebe", hatte die Walden gesagt. Also ein Sodomist. Vielleicht sollte er mal bei der Sitte vorbeischauen. Er hinterließ Trotzke eine

Nachricht („Bin beim Kollegen Rulfs im Hause") und machte sich auf den Weg.

Das Dezernat für Sittlichkeitsdelikte befand sich im siebten Stock. Schmöller hatte Ansgar Rulfs als Dozenten an der Polizeischule kennengelernt: ein unsympathischer Typ mit zuviel Gel in den Haaren. Rulfs nahm die Füße nicht vom Schreibtisch, als Schmöller in sein Büro trat.

„Sieh an, der Kollege Schmöller. Wie geht's uns denn?"

„Prima", log Schmöller.

„Und der fette Trotzke, säuft der immer noch so viel?"

„Jedenfalls nicht weniger."

„Womit kann ich dienen, wollen Sie sich ein paar Kinderpornos ausleihen? Ich habe gerade ein paar außergewöhnliche Streifen beschlagnahmt."

„Ich hoffe, Sie können mir einen Tip geben. Wir untersuchen zur Zeit diese Hundemorde. Und ich habe den Verdacht, daß ein Sodomist dahinter stecken könnte."

„Tierficker. Dafür haben wir einen Experten." Rulfs zwinkerte ihm vertraulich zu. „Den Kollegen Buchsbaumer, zweite Tür links."

Schmöller verabschiedete sich rasch.

„Ach Schmöller", rief Rulfs ihm hinterher, „bitte verhaften Sie mir den Mann nicht gleich, wir sind hier zur Zeit sehr dünn besetzt." Er lachte schallend.

Schmöller klopfte an der Tür mit dem Namensschild „Kommissar Horst Buchsbaumer" und trat ein. Ein mittelgroßer Mann um die vierzig, stand mit einem Buch in der Hand am Fenster. Er trug einen dunklen dreiteiligen Anzug und einen sorgfältig gestutzten Oberstudienratsbart. Der winzige Raum war vollgestopft mit Büchern.

„Guten Tag, ich bin Andreas Schmöller, der Assistent von Hauptkommissar Trotzke."

„Trotzke. Herzliches Beileid. Setzen Sie sich doch. Möchten Sie einen Tee?" Schon hatte Buchsbaumer ihm eine Tasse Pfefferminztee in die Hand gedrückt und einen Stuhl frei geräumt.

„Was haben Sie auf dem Herzen?"

„Wir untersuchen die Hundemorde, haben Sie davon gehört?"

„Ich habe gelesen, was in den Zeitungen stand."

„Wir, beziehungsweise ich habe Anhaltspunkte dafür, daß der Täter Sodomist sein könnte. Und Kollege Rulfs, sagte mir, daß Sie sich mit dieser Sorte gut auskennen."

Buchsbaumer setzte eine säuerliche Miene auf. „So, der Kollege Rulfs. Was hat der denn noch über mich erzählt?"

„Nichts."

„Lassen wir das." Er fischte ein Zigarillo aus seiner Weste und setzte es umständlich in Brand. „Ich habe mich tatsächlich mit dem Thema Sodomie, wie Sie es nennen, befaßt. Ich selbst verwende diesen Begriff nicht."

„Warum?"

„Er ist wenig trennscharf. In der Bibel stehen die Städte Sodom und Gomorrha für ziemlich viele Sünden. Später bezeichnete die katholische Kirche alle Sexualpraktiken als Sodomie, die nicht der Zeugung dienen. In Frankreich zum Beispiel wird heute darunter Analverkehr verstanden - auch der heterosexuelle. Sie sehen: ein ziemliches Durcheinander. Ich bezeichne das Phänomen, das Sie meinen, deshalb als Zoophilie: die Liebe zum Tier."

„Aha." Er schien tatsächlich an einen Experten geraten zu sein.

„Ich interessiere mich hauptsächlich für Typen, die, nun, auf Schäferhunde stehen. Haben Sie solche in Ihrer Kartei?"

Buchsbaumer schüttelte den Kopf. „Sie scheinen die Rechtslage nicht zu kennen. Sexuelle Handlungen mit Tieren sind nicht verboten, schon seit den sechziger Jahren nicht mehr. Als Kriminalist kann ich Ihnen also nicht helfen."

„Es ist ganz legal..."

„Ganz legal, solange man das Tier nicht quält oder öffentliches Ärgernis erregt. Verboten dagegen ist absurderweise die Verbreitung von Tier-Pornografie. Was bedeutet, daß eine Frau zum Beispiel eine sexuelle Beziehung mit ihrem Hund unterhalten darf. Wenn sie darüber jedoch in einem Brief an einen Freund berichtet, macht sie sich strafbar."

Schmöller hatte den Eindruck, daß Buchsbaumers Interesse am Thema kein rein akademisches war. „Also, wenn das so ist, können Sie mir wohl leider nicht helfen." Er erhob sich. „Vielen Dank für den Tee."

„Wie kommen Sie eigentlich darauf, daß der Täter im Kreis der Zoophilen zu suchen ist?"

„Das liegt doch nahe." Jetzt konnte er mit seinem neu erworbenen Wissen glänzen. „Der Täter erwürgt die Schäferhunde. Das läßt auf tiefen Haß schließen - der aus enttäuschter Liebe entstanden sein könnte. Außerdem verstümmelt er die Tiere auch noch und nimmt ihre Pimmel mit."

„Wurden an den Opfern denn auch sexuelle Handlungen vol - zogen?

„Sie meinen..."

„Hat der Täter die Hunde koitiert? Wurde Sperma gefunden?"

„Nein."

Buchsbaumer spitzte die Lippen und blies Rauchringe in die Luft. „Also ich glaube nicht, daß ein Zoophiler reihenweise Hunde umbringt. Sie können es sich zwar nicht vorstellen, aber die meisten dieser Menschen haben ein zärtliches Verhältnis zu ihren Partnern."

„Das gilt für die meisten Ehemänner auch, und doch bringen einige von ihnen ihre Frauen um." Schmöller ging zur Tür.

„Warten Sie. Ich glaube zwar nicht, daß Sie mit Ihrer Theorie richtig liegen. Und selbst wenn, dürfte es sehr schwierig sein, den Täter aufgrund seiner Neigung aufzuspüren. Die Liebe zu Tieren ist eines der letzten Tabus in der Sexualität. Deshalb wird sie im Verborgenen ausgelebt." Ein Lächeln umspielte seine Lippen. „Nur einige wenige stehen zu ihren sexuellen Vorlieben. Hier in Hamburg gibt es eine Selbsthilfegruppe, die wöchentlich zusammenkommt - zufällig gerade heute abend. Ich könnte versuchen, einen Kontakt herzustellen. Sie müßten den Mitgliedern allerdings absolute Vertraulichkeit zusichern. Vielleicht sind sie bereit, mit Ihnen zu reden. Und vielleicht bekommen Sie einen Hinweis."

Eine Selbsthilfegruppe für Tierschänder. Bizarr. Und einer der Betroffenen war ausgerechnet Kommissar Buchsbaumer. Was die wohl trieben bei ihren Sitzungen? Schmöller unterdrückte den Impuls, sich zu schütteln. Ich würde mich auf Fälle gern mit diesen Leuten unterhalten - ganz diskret."

„Ich rufe Sie noch heute an."

Schmöller kehrte in die Mordkommission zurück, Trotzke und Kubnitz waren wieder nicht da. Auf seinem Schreibtisch lag ein dicker Ordner und ein Zettel, auf dem in ungelenker Handschrift stand: „Wir haben eine Besprechung gegenüber". Trotzkes Schrift war das nicht, wohl die von Kubnitz. Keine Aufforderung, nachzukommen. Das hätte er ohnehin nicht getan. Er konnte sich schon vorstellen, was die beiden dort trieben. Trotzke mußte den Verstand verloren haben. Versprach dem Polizeipräsidenten in die Hand, den Fall innerhalb von zwei Tagen zu lösen und tat - nichts. Oder verfolgte er heimlich eine heiße Spur? Schmöller glaubte nicht daran. Er nahm den Ordner zur Hand. Auf dem Rücken stand: Hamburger Tierschutzverein. Fälle von Tierquälereien ab 1990. Den sollte er wohl durcharbeiten. Der Beweis dafür, daß Trotzke nach wie vor keine Idee hatte. Wollte der Fettsack berufliches Harakiri begehen? War ihm alles egal, vielleicht, weil er unheilbar krank war? Leberzirrhose? Alzheimer? Schmöller wußte es nicht. Eines allerdings war sonnenklar: Er würde diesen Aktenordner jetzt nicht durchlesen, während Trotzke und Kubnitz in der Kneipe hockten. Statt dessen bettete er seinen Kopf auf die Papiere und schlief sofort ein.

XXIV

„Wo ist Saur? Wo ist dieser Versager?" Die Stimmung von Chefredakteurs Gernot Bölkow war an diesem Morgen auf dem Tiefpunkt.

Der Polizeireporter schlich wie ein geprügelter Hund zu seinem Herrn und sah ihn devot von unten an.

„Wie konnte das passieren, Gunter?" fragte Bölkow mit gefährlich leiser Stimme. „Wie konnte das passieren, frage ich dich? Wir präsentieren unseren Lesern einen Triebtäter, der kein Triebtäter ist, sondern unschuldig. Wie konnte das passieren?"

„Ich habe ja gesagt: nur vorläufig festgenommen", wagte Saur einzuwenden.

Das war ein Fehler. Denn wenn Gernot Bölkow eines haßte, dann waren es Widerworte. „So, jetzt soll ich also schuld sein", brummte er etwas lauter.

„Natürlich nicht, das wollte ich natürlich nicht sagen."

„Natürlich nicht. Es steht ja auch dein Name unter dem Text und nicht meiner. Und außerdem", der Chefredakteur fing an zu brüllen, „will ich wissen, warum mein Polizeireporter nichts davon mitkriegt, wenn der angebliche Hundemörder freigelassen wird, weil in der Zeit in der er hinter Gittern sitzt, wieder ein Hund umgebracht wird - vom wahren Hundemörder. Wie kann das angehen?"

„Trotzke hat mich nicht angerufen."

„So, Trotzke hat dich nicht angerufen. Sehr nachlässig von deinem Superbullen. Damit hat er reihenweise Karrieren aufs Spiel gesetzt. Die des Psychologen, der beinahe von Tierfreunden gelyncht worden wäre und jetzt im Krankenhaus liegt. Außerdem deine, meine und seine eigene. Ich werde Trotzke nämlich schlachten. Irgendeiner muß es büßen, das ist ja wohl klar! Unsere Leser mögen ja ziemlich dämlich sein, aber so dämlich sind sie nun auch wieder nicht, daß sie keine Erklärung dafür verlangen, warum wir aufs falsche Pferd gesetzt haben."

„Nicht Trotzke", flehte Saur. „Wenn wir den an den Pranger stellen, steckt er uns nie wieder eine Story."

„Das war ja klar: Auf deine Freunde von der Polizei läßt du nichts kommen. Und wer denkt an mich?" Bölkow verfiel in einen weinerlichen Ton. „Wenn dieser Liebrecht nur einigermaßen gewitzt ist, dann engagiert er einen cleveren Anwalt und rasiert uns: Richtigstellung, Schadenersatz, Schmerzensgeld. Und der Presserat schaltet sich auch noch ein. Normalerweise wäre mir das egal, aber bei unserer derzeitigen Auflage kostet mich das den Job. Die Erbsenzähler im Verlag warten nur auf eine Gelegenheit, mich abzuservieren. Und daran bist du schuld, Saur." Er sah ihn grimmig an: „Sag' mir, wie ich da wieder rauskomme. Sag's mir, oder gnade dir Gott."

„Ich hätte da eine Idee", meldete sich Bildungsredakteur Tornier zu Wort.

„Ich höre!"

„Wir müssen dem Liebrecht so schnell wie möglich Wiedergutmachung anbieten. Das ist doch ein ganz armer Kerl. Zwar hatte er einen Job in Aussicht - aber damit ist nach unserer Berichterstattung wohl Essig."

„Nach Saurs Berichterstattung", verbesserte Bölkow.

„Wenn wir schnell reagieren - noch heute - und bieten dem Liebrecht eine Stelle bei uns an, dann überlegt der sich das vielleicht noch mal mit dem Schmerzensgeld. Schließlich träumen alle gescheiterten Akademiker davon, Journalist zu werden."

„Was soll ich mit dem?"

„Wenn er schlecht ist, kannst du ihn innerhalb der Probezeit feuern. Natürlich erst dann, wenn die Wogen sich geglättet haben. Wenn er gut ist, um so besser."

Bölkow zog nachdenklich an seiner Zigarette. „Das könnte man probieren. Die Idee hat sogar einen gewissen Charme: Das Opfer heimtückischer Machenschaften rehabilitiert sich selbst. Mit Hilfe des Hamburger Kuriers."

„Genau. Wir brauchen natürlich noch einen Sündenbock. Dafür bietet sich diese Seibold an, die hat den Liebrecht schließlich ans Messer geliefert - mit haltlosen Anschuldigungen."

„Genau so wird's gemacht", entschied der Chefredakteur. Und du Saur, kannst schon mal mit der Wiedergutmachung anfangen. Zuerst kaufst du einen großen Präsentkorb samt Blumenstrauß; ich habe einen Krankenbesuch zu machen. Und dann fotografierst du die Seibold. Sieh' zu, daß sie möglichst grimmig aus der Wäsche guckt."

XXV

Schmöller starrte entsetzt in das Gesicht von Buchsbaumer, der über ihn gebeugt stand. „Entschuldigen Sie. Ich wollte Sie nicht erschrecken."

Verdattert fuhr Schmöller sich durchs Haar. Er hatte einen wüsten Traum gehabt. Darin war eine Horde Schäferhunde aufgetreten, die weiße Unterwäsche trugen und über ihren Ruten lila Kondome. Er schaute auf die Uhr: halb vier.

„Sie könnten mich jetzt zu der Selbsthilfegruppe begleiten, falls Sie daran noch interessiert sind."

Auch das noch, dachte Schmöller.

Buchsbaumer schlug vor, zu Fuß zu gehen. Sie wandten sich vom Präsidium nach Osten, folgten einem Fußweg durch einen kahlen Park. Es wurde dunkel, Schmöller schlug den Kragen seiner Jacke hoch.

Buchsbaumer sah ihn prüfend an. „Das Thema Zoophilie ist Ihnen unangenehm."

Und wenn schon, fuhr es Schmöller durch den Kopf. Muß ich mich dafür etwa rechtfertigen? „Wahrscheinlich widert mich die Vorstellung an, daß es Menschen mit Tieren treiben", sagte er laut.

Buchsbaumer seufzte. „Das geht den meisten so. Merkwürd - gerweise stört es die Leute dagegen wenig, daß Millionen Hühner, Schweine und Rinder in dunklen Ställen vegetieren müssen, bevor sie abgeschlachtet werden und auf unseren Tellern landen."

Vegetarier ist er also auch noch. Der missionarische Eifer des Kommissars ging Schmöller auf den Wecker. „Sex mit Tieren ist nun mal unnatürlich", stellte er fest.

„Ganz und gar nicht. Solange Menschen leben, haben sie Gefallen an Tieren gefunden. Denken Sie nur an die griechische Mythologie: Leda und der Schwan oder Zeus, der Europa in der Gestalt des Bullen liebt."

„Das ist lange her."

„Die Praxis hat sich nicht geändert, nur die öffentliche Meinung. Wissen Sie, wie viele Hamburger sich ein Tier als Sexualpartner halten?"

Schmöller wollte es gar nicht wissen.

„Tausende."

„Was treibt die dazu?"

„Einige der sexuelle Notstand, sie sind sozusagen auf den Hund gekommen. Andere probieren es aus und finden Gefallen daran, ganz normale Leute."

Schmöller ersparte sich die Frage, die ihm auf der Zunge lag.

„Tun es, äh, viele mit Hunden?"

„Natürlich, besonders Städter. Zu anderen Tieren haben sie ja kaum Kontakt."

„Und wie sind da die Praktiken?"

„Ganz vielfältig. Soll ich ins Detail gehen?"

„Nicht nötig."

Sie setzten ihren Weg zehn Minuten schweigend fort, bis Buchsbaumer vor einem flachen Siebziger-Jahre-Bau in der Nähe der Hammer Kirche stehenblieb. Trafen sich die Tierschänder etwa in einem Gemeindezentrum?

„Wir sind da." Der Kommissar führte Schmöller in den ersten Stock. „Lassen Sie mich zuerst reden", bat er, bevor er die Tür öffnete.

Zu Schmöllers Erleichterung waren die drei anwesenden Mitglieder der Selbsthilfegruppe zoophiler Menschen vollständig bekleidet; auch hatte keiner seinen Partner mitgebracht. Offenbar ganz normale Leute, wie Buchsbaumer gesagt hatte. Ein junger pickeliger Bursche, Typ Maschinenbaustudent, der seine Fingernägel fixierte; ein untersetzter Mitvierziger, mit Fönfrisur und getönter Brille und eine Frau, hübsch, vielleicht Ende zwanzig, in taubenblauem Kleid, das teuer aussah. Ob sie es tatsächlich mit ihrem Hund trieb? Sie sah Schmöller an, als hätte sie seinen Gedanken erraten. Er errötete.

„Das ist Herr Schmöller von der Mordkommission", Buchsbaumer komplimentierte ihn auf einen Stuhl. „Er untersucht die Hundemorde, von denen Ihr ja gehört habt, und vermutet, daß vielleicht ein Zoophiler damit zu tun haben könnte."

Keine Reaktion. Schmöller räusperte sich. „Vielleicht hat ja jemand bei Ihnen vorgesprochen, der, nun, gewisse brutale Neigungen gegenüber Hunden erkennen ließ."

„Zu uns kommen Menschen, die Tiere lieben", stellte die Hübsche in sachlichem Ton fest.

„Aus Liebe, aus enttäuschter Liebe, kann Haß werden."

„Tiere enttäuschen einen nicht", widersprach die Fönfrisur.

90

„Deshalb mögen wir sie ja."

Das kam Schmöller bekannt vor. Er zuckte mit den Achseln.

„Dann können Sie mir also nicht helfen?"

„Wenn ein Zoophiler für die Verbrechen verantwortlich sein sollte, dann ein Mann", sagte die Hübsche.

„Wieso?"

„Weil es fast ausschließlich Männer sind, die Tiere vergewaltigen. Es sind Männer, die ohne Rücksicht auf Verluste Hühner, Fische oder Schildkröten mißbrauchen. Solche grausamen Praktiken lehnen wir natürlich ab."

„Natürlich." Schmöller lag die Frage auf der Zunge, ob die gewalttätigen Tierschänder eine eigene Selbsthilfegruppe hatten. „Und Sie kennen keinen solchen Mann - auch nicht vom Hörensagen?"

Sie schüttelte den Kopf. „Du?" Sie wandte sich an den Pickeligen. „Du bist doch am längsten dabei."

„Nein. Das heißt doch. Da war vor ein oder zwei Jahren mal jemand. Der stand auf Hühner. Und es machte ihm nichts aus, wenn die zu Schaden kamen. Den haben wir sofort rausgeschmissen."

„Das war der einzige Fall?"

„Der einzige, von dem ich gehört habe. Aber zu uns kommt ja nur ein Bruchteil der Betroffenen."

„Erinnern Sie sich noch an den Namen des Hühnerliebhabers?"

„Thomas, nein, er hieß Torsten, Nachnamen interessieren uns nicht."

Schmöller zücke seinen Block. „Wie sah der Mann aus?"

Der Pickelige überlegte. „Unauffällig, mittleres Alter, an mehr kann ich mich nicht erinnern."

„Fällt Ihnen sonst noch irgend etwas ein?"

„Er hat einen Garten, davon hat er erzählt. Dort hielt er seine Hühner."

Schmöller steckte seinen Block wieder weg. Er verschwendete seine Zeit. Es war so gut wie unmöglich, den ominösen Hühnerliebhaber zu finden und außerdem sehr unwahrscheinlich, daß der etwas mit den Hundemorden zu tun hatte. „Vielen Dank für

Ihre Hilfe. Ich will Ihre Zeit nicht länger beanspruchen. Rufen Sie mich an, wenn Ihnen noch irgend etwas einfallen sollte." Er legte seine Karte vor der Hübschen auf den Tisch.

Buchsbaumer brachte ihn zur Tür. „Es tut mir leid, daß wir Ihnen nicht weiterhelfen konnten. Vielleicht sollten sie den Täter doch in einem anderen Milieu suchen."

Schmöller hatte den Verdacht, daß Buchsbaumer ihn nur um dieser Erkenntnis willen hierher geführt hatte. Er verabschiedete sich knapp, dachte kurz daran, ins Präsidium zurückzukehren, besann sich anders und fuhr mit der U-Bahn nach Hause.

XXVI

„Da sind Sie ja endlich!" blaffte ein übellauniger Trotzke, als Schmöller am Freitagmorgen um neun Uhr ins Präsidium kam. Der Hauptkommissar und Kubnitz waren dabei, in irgendwelchen Unterlagen zu blättern. „Wir gehen alles noch einmal durch. Irgendwo muß ein Hinweis sein, den Sie übersehen haben!"

Jetzt sollte er also schuld sein. Schmöller war's einerlei. Er hatte sich damit abgefunden, daß er den Fall nicht lösen würde. Ein schöner Trost, daß Trotzke erst recht nicht weiterkam. Das würde dem Fettsack das Genick brechen - recht so. Er setzte sich an den Schreibtisch und schlug den Ordner des Tierschutzvereins auf.

„Wie weit sind Sie damit?"

„Fast durch", log Schmöller. „Mir sind da einige Fälle aufgefallen, die ich überprüfen will."

Trotzke gab sich mit der kryptischen Bemerkung zufrieden. Kein Wort über den gestrigen Tag, kein Hinweis darauf, daß er und Kubnitz weitergekommen wären. Der Mann war erledigt.

„Ach übrigens, Schmöller, Ihr Freund Liebrecht (wieso Freund?) liegt im Krankenhaus. Der Mob wollte ihn nach dem Zeitungsbericht lynchen. Er hat einen Schwächeanfall erlitten. Na, das muß die Journaille ausbaden, schließlich haben die das zu verantworten."

Das konnte man auch anders sehen, fand Schmöller und begann, lustlos in seinem Ordner zu blättern. Protokolle und Zeitungsartikel auf Hunderten Seiten. „Siebzehn Katzen verwahrlost in Einzimmerwohnung aufgefunden", „Zwei Esel und ein Pony zum Betteln mißbraucht", „Meerschweinchen bei sechzig Grad in Waschmaschine gewaschen". Er kicherte.

„Ruhe, wir müssen uns konzentrieren!" herrschte Trotzke ihn an.

Seit wann das denn? Schmöller blätterte weiter. An einem Ausschnitt aus dem Hamburger Kurier vom Juli vergangenen Jahres blieb er hängen. Die Überschrift lautete:

UNFASSBAR!
ES WAR HERRCHEN

Es ging um einen Kfz-Mechaniker, der seine Schäferhündin „Lilly" im Sachsenwald erhängt hatte, weil sie ihm „nicht scharf genug war", wie es in dem Artikel hieß. Als Ersatz hatte sich der Mann einen aggressiven Pitbull namens „Iwan" beschafft. Nicht scharf genug, sann Schmöller. „Der Mörder rächt sich für eine enttäuschte Liebe", hallten die Worte der Göttin in seinem Kopf wider. Und wenn der Schäferhund nun zu scharf gewesen war? Eine Idee blitzte in ihm auf. Eine abstruse, eine abenteuerliche Idee. Er sprang auf und eilte ins Nebenzimmer, wählte Buchsbaumers Nummer.

„Eine ungewöhnliche Praxis, aber denkbar."

Schmöller bedankte sich, hängte ein und schlug das Telefonbuch auf. Er seufzte. Fünfundsiebzig niedergelassene Urologen gab es allein in Hamburg, hinzu kamen die Krankenhausärzte. Schmöller griff zum Hörer. Die Recherche gestaltete sich schwierig. Er hatte große Mühe, den Medizinern am anderen Ende der Leitung zu erklären, um was es ihm ging. Einer legte sogar wutentbrannt auf. Es ging auf die Mittagszeit zu, als Schmöller, mittlerweile schweißüberströmt, einen Treffer landete.

„Ja, ich hatte mal so einen Fall," sagte Gerhard Spandau, der als Urologe und Chirurg im Telefonbuch eingetragen war. „Das ist noch gar nicht so lange her. Allerdings darf ich Ihnen darüber nichts erzählen, schon gar nicht am Telefon. Sie wissen doch, daß ich der ärztlichen Schweigepflicht unterliege."

„Ich komme bei Ihnen vorbei. In zehn Minuten bin ich da."
Schmöller legte auf eilte ohne Schal und Jacke in die Tiefgarage.
Dr. Spandau hatte seine Praxis am Klosterwall, einen Steinwurf
vom Hauptbahnhof entfernt. Er empfing Schmöller selbst an der
Tür, begrüßte ihn mit weichem Händedruck und führte ihn ins
Sprechzimmer. Alles an ihm war rund, vom völlig kahlen Schädel,
bis zum Bauch, über dem der Kittel spannte. Er setzte sich hinter
den Mahagonischreibtisch, Schmöller nahm ihm gegenüber Platz.

„Also, Herr Kommissar," (Schmöller verbesserte ihn nicht) „Ihr
Anliegen ist bizarr. Aber es gibt nichts, was es nicht gibt. Wer
wüßte das besser als wir Ärzte? Früher hatten wir regelmäßig
diese Fälle mit dem Kobold. Haben Sie davon gehört?"

Schmöller schüttelte den Kopf. Er platzte vor Ungeduld.

„Der Kobold war ein Staubsauger - ein solides Gerät, weit verbreitet in den sechziger Jahren. Unglücklicherweise hatten viele
Männer die Angewohnheit, in das Ansaugrohr dieses Staubsau-
gers hineinzumasturbieren. Offenkundig hat der Luftzug sie sti-
muliert. Und außerdem war das Entsorgungsproblem gelöst",
bemerkte er fröhlich. „Nur, dummerweise", er lächelte sardo-
nisch, „war der Ventilator, eine Schraube aus massivem Metall,
beim Kobold recht weit vorn angebracht und hat so vielen böse
Wunden geschlagen."

Schmöller erbleichte.

„Aber lassen wir die alten Geschichten. Sie suchen einen
Mann, der von einem Hund in den Phallus gebissen wurde.
Bedauerlicherweise, darf ich Ihnen, wie gesagt, keine Auskunft
geben. Ich will mich nicht strafbar machen."

„Es ist sehr wichtig, Herr Doktor. Ich bin auf der Suche nach
einem gefährlichen Serienmörder. Niemand wird erfahren, daß
Sie mir geholfen haben."

„Ein Serienmörder, interessant. Sie müssen mir alles darüber
erzählen."

Schmöller nickte. „Später."

Spandau ging zu seiner Registratur, zog eine Akte hervor und
schlug sie auf. „Der Patient kam vor zwei Monaten zu mir. Er hatte
sich noch selbst in die Praxis geschleppt, die Blutung notdürftig

mit Mullbinden gestillt. Ich habe ihn sofort operiert. Sein Penis war von der Wurzel bis zur Eichel tief verletzt worden. Zunächst dachte ich an den Kobold, dann an den Biß eines Menschen - so was kommt ja vor. Der Patient sagte mir dann aber selbst, daß sein Hund ihm die Wunde beigebracht habe. Ganz unverhofft, als er nackt auf der Terrasse schlief. Über das nackte Nickerchen habe ich mich sofort gewundert, weil es damals schon sehr kalt war. Tja, und daß der Hund ihn unverhofft gebissen hat, das konnte beim besten Willen nicht stimmen."

„Warum?"

Spandau nestelte einen Kugelschreiber aus seinem Kittel, öffnete den Mund, steckte den Kuli tief hinein und ließ die Schneidezähne auf das Metall klicken. „Der Hund hat so zugebissen, und zwar in den erigierten Penis."

„Das heißt also..."

„Fellatio durch einen Hund. War mir auch noch nicht untergekommen, aber wie gesagt, es gibt nichts, was es nicht gibt. Als er zehn Tage später wiederkam, um die Fäden ziehen zu lassen, habe ich ihm gesagt, er solle aufpassen, daß so was nicht wieder vorkommt. Eigentlich überflüssig."

„Wieso?"

„Der Mann wird nie wieder eine Erektion bekommen, die Harnröhre habe ich wieder hingekriegt, die Schwellkörper nicht."

„Können Sie sagen, was für ein Hund ihn gebissen hat?"

„Muß ein größeres Exemplar gewesen sein."

„Ein Schäferhund?"

„Denkbar.

„Geben Sie mir den Namen und die Anschrift des Mannes. Bitte. Niemand wird davon erfahren."

Spandau zögerte einen Augenblick, kritzelte dann etwas auf einen Zettel und schob ihn Schmöller zu. Arztschrift, aber er konnte den Namen entziffern. Schmöller stand abrupt auf.

„Moment, Herr Kommissar. Jetzt will ich alles wissen. Das haben Sie mir versprochen."

„Keine Zeit, Herr Doktor. Ein anderes Mal". Schmöller stürmte aus der Praxis. Triumphierend. Er hatte den Fall gelöst, ganz allein.

Ihm stand der Ruhm zu; am besten wäre es, gleich zum Polizei-präsidenten zu gehen. Oder vielleicht doch nicht? Er stürzte ins Büro: Trotzke und Kubnitz waren mal wieder ausgeflogen. Er sah zur Uhr: halb zwei. Er eilte in die Kantine. Keine Spur von den beiden. Die werden doch nicht etwa schon wieder in der Kneipe hocken? Trotzke war alles zuzutrauen. Er lief am Pförtner vorbei auf die Straße. Die Luft war schneidend kalt und klar - ein wun-derschöner Tag.

XXVII

Durch die braunen Butzenscheiben drang kein Sonnenstrahl. Im „Bei mir" gab es keine Jahreszeiten, noch nicht einmal Tageszei-ten; die schwachen Birnen verbreiteten immer dasselbe Schum-merlicht, die Musikbox dudelte immer dieselben Schlager für immer dieselben Stammgäste, die auf ihren Barhockern festge-schraubt zu sein schienen.

Schmöller schaute sich um: keine Spur von Trotzke und Kub-nitz. Wenn nicht hier, wo waren sie dann? Sie würden doch nicht etwa kurz vor Ablauf des Ultimatums irgendwo vor Ort ermitteln?

„Wenn Sie den Kommissar und seinen Kumpel suchen, die sind auf dem Lokus. Beide. Schon eine halbe Stunde lang." Der Wirt sah betont auf seine Rolex-Imitation. „Die sind da wohl einge-schlafen."

Schmöller spannte sich. Er folgte dem Geruch der Urinsteine. Vor der Tür, auf der unpassenderweise „Gents" stand, sammelte er sich einen Moment, um sie dann schwungvoll aufzureißen. Erschrocken hielt er inne. Auf dem Kachelboden unter dem Papierhandtuchspender saßen Trotzke und Kubnitz Arm in Arm. Aus Kubnitz' Hosenlatz hing sein erstaunlich großes feuerrot ver-narbtes Glied. Die beiden starrten ihn mit glasigen Augen an. Ekel übermannte ihn. In diese Empfindung mischte sich ein anderes Gefühl: Enttäuschung. Er spürte, daß er verloren hatte. Wie aus Trotz trat er einen Schritt vor und deklamierte: „Sie sind der Täter, Kubnitz. Sie haben die Hunde getötet."

Kubnitz nickte.

„Das weiß ich doch längst, Harry." Trotzkes Baß dröhnte durchs Klo. „Eben hat mir Kubnitz sein Motiv gezeigt. Komm' her und hilf mir mal."

Fassungslos gehorchte Schmöller und hielt Trotzke den Arm hin, den der mit festem Griff packte. Schmöller ging in die Rückenlage. Trotzke kam erst langsam, dann plötzlich hoch und ließ los. Schmöller ver or das Gleichgewicht, taumelte rückwärts und suchte Halt, den er mit dem rechten Arm in einem Urinal fand.

„Was machst du denn da, Harry? Komm mit, Kubnitz gibt einen aus."

Als Schmöller in den Schankraum kam, saßen die beiden bereits wieder vor Pils und Schlüpferstürmern.

„Los, Harry, ruf' den Holzkopf an und bestell' ihn her", befahl der Hauptkommissar.

„Ich soll den Polizeipräsidenten hierher...?"

„Allerdings. Eine außergewöhnliche Lage erfordert außergewöhnliche Maßnahmen."

Schmöller zuckte die Achseln und ging zum Telefon. Jetzt war alles egal. Total egal.

Eine Viertelstunde später wieselte der sehr erregte Sendemann herein. Die Hände reibend, baute er sich vor Trotzke auf. „Das habe ich während meiner gesamten Laufbahn noch nicht erlebt. Sie haben die Stirn, den Polizeipräsidenten der Freien und Hansestadt Hamburg in eine, in eine Spelunke zu bestellen. Das war's für Sie. Sie können froh sein, wenn Sie künftig Strafmandate schreiben dürfen."

„Immer mit der Ruhe", Trotzke rülpste verhalten. „Nun setzen Sie sich doch erst mal, trinken einen und hören sich meinen Bericht an."

„Ich trinke nicht im Dienst, im Gegensatz zu Ihnen." Sendemann ließ sich trotzdem widerwillig auf der Eckbank neben Kubnitz nieder. „Also, ich höre."

„Ich habe mein Versprechen gehalten." Trotzke warf einen Blick auf die Uhr und dabei sein Likörfläschchen um, dessen Inhalt sich auf Schmöllers Hose ergoß. „Genau vierzehn Stunden bevor die Frist abläuft, habe ich den Fall gelöst."

„Das haben Sie schon einmal behauptet."

„Diesmal stimmt's: Der Täter sitzt neben Ihnen."

„Sie sind ja wahnsinnig!"

„Kubnitz war's, das die traurige Wahrheit." Trotzke nahm einen Schluck Bier. „Ich hatte ihn von Anfang an in Verdacht. Deshalb wollte ich ihn unbedingt in meine Ermittlungsgruppe aufnehmen."

Sendemann widersprach nicht, er erinnerte sich offenbar nicht daran, daß das seine Idee gewesen war.

„Und heute habe ich ihn überführt. Er ist voll geständig. Los", Trotzke tätschelte Kubnitz' Hand, „erzähl' du selbst."

„Wo soll ich denn anfangen?" Kubnitz lallte im selbstmitleidigen Tonfall eines schwer Besoffenen.

Sendemann rückte ab. „Der Mann ist ja betrunken."

„Es wäre besser, Sie würden auch einen zur Brust nehmen, bevor Sie sich seine unglaubliche Geschichte anhören. Los, Rainer, erzähl' schon alles, wie deine Frau gestorben ist und so weiter." Trotzke klopfte Kubnitz aufmunternd auf den Rücken, was bei dem zu einem Schluckauf führte und sein Geständnis extrem verzögerte.

Hicksend erzählte er, wie die Tragödie mit dem Tod seiner Frau im Frühjahr ihren Anfang genommen hatte. „Ich hatte ja niemanden außer Mutti. Und dem Skatabend einmal in der Woche." Er sei „sehr einsam" gewesen. Auch, weil ihm das, „Sie wissen schon" gefehlt habe.

„Wie, was, Sie wissen schon?" Sendemann hatte Verständnisschwierigkeiten.

Trotzke schob seinen Daumen demonstrativ zwischen Mittel- und Zeigefinger. Der Polizeipräsident errötete.

„Ja, und da habe ich mich eben mit dem Harras beschäftigt."

„Das ist der Köter."

„Du sollst nicht immer Köter sagen!"

„Schnauze, erzähl' weiter!"

Kubnitz berichtete stockend, wie er Harras, gestreichelt habe, sehr zur Freude des Tieres.

„Wie gestreichelt?" hakte Sendemann nach.

„Er hat seinem Köter einen runtergeholt", brachte Trotzke die Sache auf den Punkt.

„Das ist ja pervers, geradezu abartig!"

„Es wird noch perverser", kündigte Trotzke an und befahl Kubnitz, fortzufahren.

Schluchzend bekannte der, daß sein Hund und er ein regelrechtes Liebespaar geworden seien - natürlich, ohne daß die dienstlichen Pflichten darunter gelitten hätten. Dann, nach einigen Monaten, sei der Wunsch in ihm aufgekommen, Harras möge sich für die Liebkosungen, die er ihm habe angedeihen lassen, revanchieren. Das habe er dem Tier auch beigebracht. Kubnitz lächelte selig.

„Wozu hat er den Hund abgerichtet?" Sendemann wandte sich wieder an Trotzke.

„Er hat dem Köter beigebracht, ihm den Pimmel abzuschlecken."

„Igitt! Stimmt das?"

Kubnitz nickte und machte dazu die Miene eines Jungen, der beim Fußballspielen die Fensterscheibe des Nachbarn zertrümmert hat.

„Was passierte dann?" Sendemann wollte die unappetitliche Angelegenheit beschleunigen.

Der Hundemörder schaute verschämt in sein Bierglas. „Ich wollte ihm noch etwas Schöneres beibringen."

„Noch schöner?" fragte Sendemann mit Betonung auf dem „noch". „Herr Schmöller, bestellen Sie mir einen Schnaps."

„Ja, also, der Harras sollte nicht nur schlecken, sondern...", Kubnitz wandte sich hilfesuchend an Trotzke.

„Sein Ding ganz ins Maul nehmen." Damit der Polizeipräsident auch ja richtig verstand, schob sich Trotzke den Mittelfinger schmatzend in den Mund.

„Und dabei ist es dann passiert", fuhr Kubnitz fort. „Er hat zugebissen."

Sendemann schluckte.

„Das verzeihe ich dem Mistkerl nie!" Kubnitz haute sein Bierglas auf den Tisch. „Dafür mußte er büßen. Ich beschloß, ihn zu töten. Zuerst wollte ich ihn betäuben und dann in die Elbe zu werfen. Als er dann aber so da lag, kam die Wut wieder in mir hoch. Ich habe ihn erwürgt. Strafe muß sein. Und dann habe ich ihm sein Ding abgehackt." Danach habe er sich „besser" gefühlt. Allerdings habe er nicht die Kraft gefunden, den Leichnam zu beseitigen und deshalb die Kollegen gerufen hätte, um die Sache zu vertuschen.

„Damit war doch aber Ihr, ähem, Problem gelöst. Warum haben sie noch weitere unschuldige Tiere umgebracht?" wollte Sendemann wissen.

„Die waren nicht unschuldig. Die haben alle unter einer Decke gesteckt. Alle!" Kubnitz' Augen glänzten.

Der Mann hat mächtig einen an der Waffel. Warum ist mir das nicht eher aufgefallen? ärgerte sich Schmöller. Jetzt war alles sonnenklar: Kubnitz' Schock, als Panther II auf ihn zusprang - er mußte gedacht haben, Panther I, sein Opfer, sei von den Toten auferstanden; sein sentimentales Gerede über Hunde; sein übersteigerte Abneigung gegenüber dem „Hundehasser" Liebrecht.

Mühsam entlockte Sendemann Kubnitz weitere Details. Nach dem Tod von Harras sei er „auf der Suche nach einem neuen Diensthund" ziellos durch die Gegend gefahren. Dabei seien ihm Schäferhundrüden aufgefallen, die ihn „provozierend" angesehen hätten.

„Provozierend?"

„Jawohl, das waren genau solche Mistviecher wie der Harras. Die haben alle unter einer Decke gesteckt. Deshalb mußten sie auch bestraft werden."

„Aha." Sendemann kippte den Schnaps.

Mit den „anderen Mistviechern" sei er genauso verfahren wie mit Harras. Als die Mordkommission ihre Ermittlungen aufnahm, habe er aufhören wollen. Die ganze Sache sei ihm plötzlich „unangenehm" gewesen.

„Und trotzdem haben Sie wieder zugeschlagen."

„Ja, aber nur wegen diesem Liebrecht. Das ist ein gemeiner Hundehasser, ich wollte nicht, daß der mit meiner gerechten Sache in Verbindung gebracht wird. Deshalb habe ich noch einen

Hund getötet, obwohl der unschuldig war. Das tut mir sehr leid. So, jetzt wissen Sie alles, verhaften Sie mich!"

Sendemann blickte ratlos in die Runde. „Sie haben Schande über die Hamburger Polizei gebracht, Kubnitz."

„Bis jetzt noch nicht", wandte Trotzke ein.

„Wie meinen Sie das?"

„Noch wissen nur wir Bescheid. Und es wäre gut, wenn das so bliebe. Ein Hundeführer, der erst seinen eigenen Köter und dann noch drei weitere umbringt und kastriert, das wäre ein gefundenes Fressen für die Presse. Ganz Deutschland würde über uns lachen! Erschwerend kommt hinzu, daß der Polizeipräsident die Sache an die große Glocke gehängt hat."

Sendemann guckte böse. „Also, was schlagen Sie vor?"

„Ich schlage vor", Trotzke knallte seine Bierflasche auf den Tisch, „wir vergessen die Sache." Er packte Kubnitz und schüttelte ihn. „Wenn du dich noch ein einziges Mal an einem Köter vergreifst, lege ich dich eigenhändig um! Kapiert?"

„Das kommt nie wieder vor." Kubnitz machte sich frei und legte die linke Hand auf die rechte Brust. „Ich schwöre."

Trotzke wandte sich Sendemann zu. „Und Sie versetzen ihn irgendwohin, wo er garantiert nichts mit Viechern zu tun hat."

„Das wäre das geringste Problem. Die Frage ist doch, wie wir die, ähem, Vorfälle der Öffentlichkeit erklären?"

„Ganz einfach: Wir hängen die Sache einem anderen an."

„Sie sind ja wahnsinnig! Skrupellos und wahnsinnig! Wie können Sie so etwas vorschlagen! Da mache ich nicht mit." Sendemann stand ruckartig auf.

Trotzke hielt ihn am Ärmel zurück. „Immer mit der Ruhe. Wir hängen die Sache jemandem an, der sich nicht wehren kann: einem Toten. Ich habe auch schon einen im Auge - einen Penner, der heute morgen in den Nicolaifleet gefallen und ersoffen ist. Das ist unser Mann."

Hatte Trotzke den Obdachlosen selbst um die Ecke gebracht? Schmöller traute seinem Chef mittlerweile alles zu.

Sendemann hörte abrupt auf, seine Hände zu reiben. „Tja, also, wenn Sie das arrangieren könnten..."

Trotzke bestand darauf, daß die Abmachung mit einer Runde Schlüpferstürmern besiegelt wurde. „Der Herr Polizeipräsident zahlt." Dann verabschiedete sich Sendemann eilig.

Trotzke nahm Kubnitz das Bier aus der Hand. „Für dich ist Feierabend, Rainer, du fährst jetzt nach Hause und räumst deine Kühltruhe auf." Schmöller verfrachtete den Hundemörder in ein Taxi und kehrte dann zu Trotzke zurück, der zufrieden ein frisches Pils ansetzte.

„In der Truhe sind..."

„Die Hundepimmel."

Schmöller schüttelte sich. Zehn Minuten saßen die beiden schweigend da. Roberto Blanco sang: „Ein bißchen Spaß muß sein, dann ist die Welt voll Sonnenschein." Schließlich fragte Schmöller: „Wie sind Sie auf Kubnitz gekommen?"

Trotzke grinste. „Bis vor zwei Stunden hatte ich keine Ahnung. Da stand der Trottel neben mir im Pissoir. Er war ziemlich voll, hat deswegen wohl nicht aufgepaßt und sein vernarbtes Ding herausgeholt. Als ich gefragt habe, wie das passiert ist, hat er alles erzählt."

Glas splitterte. Schmöller hatte seinen Bierhumpen zerquetscht.

XXVIII

LIEBRECHT UNSCHULDIG
EXKLUSIV IM KURIER: DER WAHRE HUNDEMÖRDER

Sensationelle Wende im Hundemörder-Fall. Der zunächst verdächtige Florian Liebrecht (32) ist unschuldig. Seine Nachbarin hat ihn fälschlicherweise der Tat bezichtigt. Kurz nach seiner Entlastung fand die Polizei den wahren Mörder - tot im Nicolaifleet. Der Obdachlose Heinz-Rüdiger Wedemeier (49) hat seinem Leben ein Ende gemacht, weil er mit den Verbrechen auf dem Gewissen nicht weiterleben konnte.

Doch der Reihe nach: Am Freitag überstürzen sich die Ereignisse. Während Liebrecht die Polizei von seiner Unschuld überzeugt, schlägt der wahre Killer zum vierten Mal zu. Auf dem Gelände der

Godehardischule in Stellingen tötet er Blondi, den geliebten Schä-
ferhund des Hausmeisterehepaars Uwe (54) und Bärbel Detje
(51).
Für Chef-Ermittler Dieter Trotzke (47) verdichten sich nun die Hin-
weise auf den Täter. Die Spur führt zu Heinz-Rüdiger Wedemeier.
Der Obdachlose macht seit Jahren unter der Slamatjenbrücke
beim Hotel Konsul „Platte". Dort, in seinem Schlafsack versteckt,
finden Fahnder mit Valium versetztes Hackfleisch, eine Drahtsch-
linge und ein Schlachtermesser. Wedemeier können die Beamten
nur noch tot aus dem Fleet bergen: Der Mörder hat sich seiner
Verhaftung mit einem Sprung ins eiskalte Wasser entzogen.
„Er war ein Einzelgänger und fanatischer Hundehasser", so
Hauptkommissar Trotzke über den Täter. „Wedemeier gehörte von
Anfang an zum Kreis der Verdächtigen. Aus ermittlungstaktischen
Gründen konnten wir darüber nichts verlauten lassen. Der Fall ist
jetzt endgültig gelöst."
Darüber freut sich besonders der voll rehabilitierte Florian Lieb-
recht. Er behält sich allerdings rechtliche Schritte gegenüber sei-
ner Nachbarin Rita Seibold vor, die ihn bei der Polizei ange-
schwärzt hat. „So darf man mit Menschen nicht umgehen!"
betonte Liebrecht. Die Denunziantin war gestern gegenüber dem
KURIER zu keiner Stellungnahme bereit.

„Ich gratuliere zu Ihrem ersten Artikel. Sie haben wirklich
Talent." Bölkow prostete Liebrecht zu. „Und beim nächsten steht
natürlich auch ihr Name darunter."

„Herr Tornier hat mir sehr geholfen."

„Nur ein bißchen", widersprach der.

Die drei standen zusammen mit Saur über die Montagsausgabe
des Kuriers gebeugt. Es war Sonntagabend, Bölkow hatte eine Flasche Champagner aufgemacht.

„Der Seibold hätte ich am liebsten noch ein bißchen mehr ein-
geheizt."

„Lassen Sie mal, Liebrecht, die hat ihr Fett weg. Nach diesem
Artikel samt Foto würde ich mich an ihrer Stelle für ein paar
Wochen nicht aus der Wohnung trauen." Bölkow zündete sich

eine Zigarette an.

„Abgesehen davon, kommt mir die Lösung des Falles irgendwie spanisch vor. Ich frage mich, was das für Hinweise sind, die angeblich schon lange auf den Penner hingedeutet haben. Darüber wollte die Polizei partout nichts erzählen."

„Das wichtigste ist, daß wir die Geschichte ganz allein und die Konkurrenz ausgestochen haben. Details spielen keine Rolle. Denken Sie immer daran, Liebrecht: Der Leser will zwar alles wissen, aber nicht zu genau." Bölkow goß seinem neuen Reporter nach. „Und außerdem..."

„gibt es gar keine Realität. Nur die, die wir konstruieren", ergänzte Bildungsredakteur Tornier.

29

Das blöde Vieh gähnte und riß dabei das Maul weit auf. Es stank bestialisch nach Bier. Er drehte sich um: Gott sei Dank konnte niemand sehen, wie er nachts um halb vier hinter dem Bunker Mistralstraße hockte und einem Schäferhund tief in die schläfrigen Augen schaute. Er kicherte. Sid begann zu schnarchen. Ob er ihm das alberne Halstuch abnehmen sollte? Besser nicht.

Nun kam der unerfreuliche Teil der Operation. Er legte dem Schäferhund die Schlinge um den Hals und zog zu. Ein ersticktes Knurren, dann fing das Biest an wie wild an zu zappeln. Nur nicht locker lassen. Puh, ist das anstrengend! Jetzt pißt der blöde Köter auch noch! Hose und Schuhe waren versaut. Die Sachen würde er wegschmeißen müssen.

Eine unbedeutende Panne. Sonst lief alles nach Plan. Kubnitz tat in dieser Nacht Dienst an seinem neuen Arbeitsplatz in der Verkehrsleitzentrale und war so aus der Schußlinie. Und er selbst hatte natürlich auch ein wasserdichtes Alibi, obwohl er ohnehin außerhalb jedes Verdachts stand. Die Süße, in deren warmes Bett er gleich zurückkehren würde, hatte eine ordentliche Portion Valium in den Sekt bekommen und würde deshalb seine Abwesenheit nicht bemerken. Morgen würden die tierlieben Punker den toten Sid finden und Alarm schlagen. Der Hundemörder ist tot, es lebe der Hundemörder! Ein gewaltiger Skandal, der Trotzke den Kopf kosten würde. Es gab keine Rettung für den Fettsack. Dann endlich war der Weg frei für ihn.

Sid rührte sich nicht mehr. Schmöller erhob sich keuchend und verstaute den Draht in der Seitentasche seiner Lederjacke. Dann griff er zum Messer. Ziemlich ekelhaft, was er jetzt tun mußte. Aber es nutzte ja nichts.

Strafe muß sein.